國家出版基金資助項目

國家社會科學基金重大招標項目（16ZDA174）

國家出版基金項目

詹福瑞　陳紅彦　主編

唐音

國家圖書館藏明初刻本

歷代唐詩珍稀選本彙編

（唐宋金元卷）

47

鳳凰出版社

圖書在版編目（CIP）數據

唐音：國家圖書館藏明初刻本／詹福瑞，陳紅彦主編. -- 南京：鳳凰出版社，2025. 3. --（歷代唐詩珍稀選本彙編）. -- ISBN 978-7-5506-4413-7

Ⅰ. I222.742

中國國家版本館CIP數據核字第202511FA71號

書　　名　唐音（國家圖書館藏明初刻本）
主　　編　詹福瑞　陳紅彦
責任編輯　李相東　姜　嵩
裝幀設計　姜　嵩
責任監製　程明嬌
出版發行　鳳凰出版社（原江蘇古籍出版社）
　　　　　發行部電話025-83223462
出版社地址　江蘇省南京市中央路165號，郵編：210009
照　　排　南京新華豐製版有限公司
印　　刷　金壇古籍印刷廠有限公司
　　　　　江蘇省金壇市晨風路186號，郵編：213200
開　　本　718 毫米×1005 毫米　1/16
印　　張　40.25
版　　次　2025年3月第1版
印　　次　2025年3月第1次印刷
標準書號　ISBN 978-7-5506-4413-7
定　　價　380.00 圓

目次

唐音

《唐音》提要

《唐音》十四卷，元楊士弘編。楊士弘（生卒年不詳）字伯謙，襄城（今屬河南）人。工於詩，與元末明初詩人傅若金、辛敬、劉永之等人相交，詩名雄於一時。著有《鑒池春草集》，惜已亡佚。

此集編纂始於至元元年（一三三五），至至正四年（一三四四）而成，歷經十年。共收唐詩一千三百四十一首，分爲《始音》一卷、《正音》六卷、《遺響》七卷，而總名爲《唐音》。卷首有《唐音名氏并序》，列初、盛、中、晚之分期與各期所收詩人及籍貫；次爲《凡例》，說明《始音》《正音》《遺響》編次之例，不收李白、杜甫、韓愈詩作之故，並校勘等事；《始音》《正音》《遺響》之首又各有目録與小序，說明編選之旨，多論及唐詩流變。可見其編選之用心、體例之嚴謹。

據楊氏自序，其編選此集是因喜好唐詩，而『每慨歎不得諸君子之全詩』，『及觀諸家選本』，如《河岳》《極玄》《中興間氣》《又玄》《才調》《王介甫百家選唐》等，或重晚唐而輕盛唐，或重五言而少七言，或擇選不精，故有意另加擇選。『後客章貢，得劉愛山家諸唐初盛唐詩，手自抄録，日夕涵泳，於是審其音律之正變，而擇其精粹』，編成此集。

值得注意的是，楊氏自序稱全書『凡十五卷』。這是因爲《遺響》七卷中還包含有一子卷，專録僧人、女子之詩。

後世對此集評價頗高。要之，以其體系較爲完備，編選較爲精當，《四庫全書總目》即稱其『去取頗爲不苟』；又推重盛唐，扭轉了宋代以來唐詩選本重視晚唐的風氣；更首次以源流正變看待唐詩演變，對明清兩代詩學影響深遠。雖然如王士禛等人對此集亦有微詞，但大抵不掩其首開風氣之功。

此書存世有至元四年刻本，即初刻本，爲後世諸本之祖本。臺北『國家圖書館』藏有一部，共十卷①，部分葉補配明刊本。每半葉十行，行十八字，黑口，雙魚尾，四周雙邊。明代以後出現多個翻刻本。以行款而言，有十行十八字本、十一行二十字本、十三行二十一字本等數種，同一行款版式之下又有修補、翻刻等情形。同時，還出現了多個注本，如張震《唐音輯注》、顧璘《批點唐音》、王庸《七體唐詩正音補注》，其中以顧璘《批點唐音》最爲流行。這些情形都説明此書在明代流傳之廣、影響之大。

本次選擇明初刻本、明初魏氏仁寶堂刻本、明刻本三種影印。

① 按，此十卷實包括《唐詩始音》一卷；《唐詩正音》六卷，其中卷一、二、三、五分上下，卷四、六分上中下；《唐詩遺響》爲三卷，其中卷一分上下，卷二、三分上中下。

明初刻本（國家圖書館藏，書號：八五九二），六册，每半葉十行，行十八字，黑口，四周雙邊。《唐詩遺響》卷一至卷七配另一明刻本，每半葉十三行，行二十一字，黑口，四周雙邊。

此本《始音》《正音》部分爲翻刻元至正本而來，不僅行款版式一如其舊，字體也頗爲接近。按，國家圖書館還藏有一部十行十八字明刻殘本（書號：A〇〇七五〇），行款與此相同，字體寫法多有類似但筆畫較潦草。其於《唐詩始音》目録之後有一牌記『洪武庚午仲冬建安博文堂刻』，庚午即洪武二十三年（一三九〇）。又，下文所列南京圖書館藏明刻本亦爲十行十八字本，亦是從元至正本而來，然而字體與此本、博文堂刻本又有所不同，則是另一翻刻本。就此三本而言，此本與至正本面貌最爲接近。此本《唐詩遺響》部分七卷補配另一明刻本。該本較爲少見。其《遺響》分爲四卷，並將至元本每卷首之小序移入書前目録。此本中鈐有『周暹』印，知曾爲周叔弢收藏。

明初魏氏仁寶堂刻本（國家圖書館藏，書號：三六二六），八册，每半葉十一行，行二十字，細黑口，四周雙邊。《始音》目録後有牌記，一爲鼎形，中鐫『仁寶堂』，一爲方形，鐫『建安魏氏鼎新繡梓』。刊刻略爲粗疏，如《凡例》僅刻前五條，而脱漏了最後兩條。卷中偶見雙行小字校語，爲至元本所無。此本鈐『瞿秉沂』『紹基秘笈』『鐵琴銅劍樓』等印，知爲常熟瞿氏所藏。

明刻本（南京圖書館藏，書號：一一八九六一），四册，每半葉十行，行十八字，白口，左右雙邊。此本爲元至元本之翻刻本，行款仍其舊，於元本俗字多有改易。另，此本詩人、詩題後及詩作之末多見剜改痕迹，應是原有小注。僅駱賓王《行路難》下留有小注『七言古凡一首』一行，爲漏網之魚。此小注爲至元本所無，應屬此本新增。疑前人剜改小注，以充舊本。卷中鈐有『宗室盛昱伯羲』『鬱華閣校正善本』『譚錫慶看元本書籍印』等印，知曾爲盛昱、譚錫慶遞藏。

（袁　媛）

唐音

國家圖書館藏明初刻本

唐音序

襄城楊伯謙好唐人詩五言七言古詩律詩絶句以盛唐中唐晚唐别之凡幾卷謂之唐音音也者聲之成文者也可以觀世矣其用意之精深豈一日之積哉蓋其所録必也有風雅之遺騷些之變漢魏以来樂府之盛其合作者則録之不合乎此者雖多弗取是以若是其嚴也昔之選唐詩者非一家若伯謙之辯識度越常情遠哉噫先王之德盛而樂作跡熄而詩亡係於世道之升降也風俗頽靡愈趨愈下則其聲文

之成不得不隨之而然必有特起之才卓然之見不係於習俗之所同則君子尚之然亦鮮矣嗚呼唐虞三代其盛矣乎元首股肱之歌見於唐書一遊一豫之歎聞諸夏諺其僅存者亦寡寥廓絶矣若夫十五國風大小雅周之盛衰備矣周頌者多周公之所作也猗那之存太師傳焉駉駜之興魯人作之皆吾夫子之手筆也千載之言詩者孰不本於此哉則吾於伯謙唐音之録安得不歎夫知言之難也

虞集序

唐音名氏并序

王績字無功絳州人　章懷太子名賢字明允高宗第六子
李義甫　王勃字子安絳州龍門人
楊炯　盧照隣字升之范陽人
駱賓王　陳子昂字伯玉梓州人
杜審言字必簡襄陽人　宋之問字延清汾州人
沈佺期字雲卿相州人　喬知之
東方虬　薛稷字嗣通
王適幽州人　劉庭芝字希夷汝州人
郭振字元振魏州人　蘇頲字廷碩雍州人

張說 字説之一字道濟 洛陽人　齊澣 字洗心定州義豐人
張九齡 字子壽韶州曲江人
孫逖 博州武水人　蓋嘉運
吳筠 字貞節華州華陰人　賀知章 字季真越州人
崔顥 汴人　張謂 字正言河南人
張巡 鄧州南陽人　賈至 字幼隣河南洛陽人
王維 字摩詰太原人　王縉 字夏卿太原人
裴迪 關中人　祖詠 洛陽人
孟浩然 襄陽人　儲光義 潤州人
王之奐 并州太原人　王昌齡 字少伯江陵人

盧象　字緯卿汶水人
崔國輔
陶翰　潤州人
劉眘虛　江東人
薛據　荊南人
王季友　河南人
賀蘭進明
崔曙
王灣
沈如筠　潤州勾容人
殷遙　潤州勾容人
丁仙芝　潤州曲阿人
李嶷
吳象之
張潮　潤州曲阿人
高適　字達夫渤海人
岑參　鄧州人
李頎　洛陽人
常建
孟雲卿　平昌人

嚴武 字季鷹　張彪

劉方平 河南人　劉灣 蜀人

秦系 字公緒會稽人　朱放 字長通襄州人

張志和 字子同婺州金華人

右自武德至天寶末得六十五人為唐初

盛唐詩

皇甫冉 字茂政潤州人　皇甫曾 字孝常潤州人

張繼 字懿孫襄陽人　嚴維 字正文越州人

李嘉祐 字從一廣陵人　劉長卿 字文房河間人

盧綸 字允言河中人　韓翃 字君平南陽人

韋應物　　耿緯 河東人

錢起 字仲文吳興人　　郎士元 字君胄中山人

司空曙 字文明廣平人　　崔峒 博陵人

李端 趙州人　　衛象

柳談 字中庸京兆人　　暢當 河東人

竇叔向 字遺直扶風平陵人　　丘丹 蘇州臨平人

戴叔倫 字幼公潤州人　　戎昱 荊南人

宋濟　　顧況 字逋翁蘇州人

李益 字君虞隴西姑臧人　　劉商 字子夏徐州彭城人

雍裕之　　長孫佐輔 朔方人

楊德□　字中□　吳興人

武元衡　字伯蒼

權德輿　字載之秦州畧陽人

令狐楚　字慤士敦煌人

王涯　字廣津太原人

張仲素　字繪之

羊士諤　泰山人

楊巨源　字景山蒲中人

柳宗元　字子厚本河東人徙居吳

陳羽

孟郊　字東野湖州武[illegible]

張籍　字文昌和州烏江人

王建　字仲初潁川人

盧仝　洛陽人

李賀　字長吉鄭王之後

竇庠　字胄卿叔向第四子

竇鞏　字友封庠弟

元稹　字微之河南人

白居易　字樂天其先太原人後徙下邽

劉禹錫　字夢得中山人

右自天寶至元和間通得四十八人為中

唐詩

賈島 字浪仙范陽　姚合 宰相崇之玄孫

李涉 洛陽人　孫草

鮑溶 字德源　張祜 字永吉南陽人

施肩吾 字希聖睦州人　杜牧 字牧之京兆人

韓琮 字成封　朱可久 字慶餘閩

任翻 江東人　許渾 字用晦潤州丹陽人

李羣玉 字文山澧州人　李商隱 字義山懷州人

温庭筠 字飛卿　雍陶 字國鈞成都人

趙嘏　　孟遲

薛逢字陶臣河東人　薛能字大拙汾州人

方干字雄飛桐廬人　邵謁韶州翁源人

陸龜蒙字魯望姑蘇人　于武陵杜曲人

陳陶字嵩伯洪州豊城人　曹鄴字鄴之桂林人

劉駕字司南江東人　于濆字子漪寓居堯山之南

司馬札　聶夷中字坦之河東人

曹唐字堯賓桂州人　高駢字千里幽州人

高蟾河朔人　鄭谷字守愚袁州宜春人

唐彥謙字茂業并州晉陽人　崔道融荊州人

杜常　崔魯

王駕 字大用河中人　羅鄴 餘杭人

韓偓 字致光京兆萬年人　吳融 字子華越州山陰人

王貞白 字有道信州人　裴交泰

李暇　張泌 淮南人

李洞 字求江京兆人　韋莊 字端己京兆人

吳商浩

右自元和至唐末通得四十九人為晚唐

詩

魯垂敬 字登原越州人　魯無本

薛奇童　郎大家宋氏

廣南女子　劉采春越州籍妓元稹之

吉中孚妻　張文姬

薛濤　劉瑶

君山老父　太上隠者

山中客　無名氏

右方外及閨秀等自唐初至唐末通得一

十三人并無名氏者皆附遺響之末

夫詩莫盛於唐李杜文章冠絕萬世後之言詩

者皆知李杜之為宗也至如子美所尊許者則

楊王盧駱所推重者則薛少保賀知章所讚詠者則孟浩然王摩詰所友善者則高適岑參所稱道者則王季友若太白登黄鶴樓獨推崔顥爲傑作遊郎官湖復歎張謂之逸興攬古之詩則彷彿乎陳伯玉古之人不獨自專其美相與發明斯道者如是故其言皆是以没世不忘也余自𥘉喜讀唐詩每慨歎不得諸君子之全詩及觀諸家選本載盛唐詩者獨河岳英靈集然詳於五言畧於七言至於律絶僅存一二極玄姚合所選止五言律百篇除王維祖詠亦皆中

唐人詩至如中興間氣又玄才調等集雖皆唐
人所選然亦多主於晚唐矣王介甫百家選唐
除高岑王孟數家之外亦皆晚唐人詩吹萬以
世次為編於名家頗無遺漏其所録之詩則又
駁雜簡畧他如洪容齋曾蒼山趙紫芝周伯弜
陳德新諸選非惟所擇不精大抵多畧於盛唐
而詳於晚唐也後客章貢得劉愛山家諸唐初
盛唐詩手自抄録日夕涵泳於是審其音律之
正變而擇其精粹分為始音正音遺響總名曰
唐音凡十五卷共詩一千三百四十一首始於

乙亥成於甲申嗟夫詩之為道非惟吟咏情性流通精神而已其所以奏之郊廟歌之燕射求之音律知其世道豈偶然也哉觀是編者幸恕其僭妄詳其所用心則自見矣至正四年八月朔日後學襄城楊士弘謹誌

唐音凡例

一始音不分類編者以其四家製作初變六朝雖有五七之殊然其音聲則一致故也

一正音以五七言古律絶各分類者以見世次不同音律高下雖各成家然體製聲響相類欲以便於觀者

一遺響不分類者以其諸家之詩篇章長短參差音律不能諧合故就其所長而采之

一李杜韓詩世多全集故不及録

一編意各著篇首

一詩中字有不安者以諸本校其善者從之䰇者闕之庶不誤觀者

一古詩及樂府及李杜全集類編續刊以便學者

唐詩始音目録

襄城楊士弘編次

王勃三十五首

楊炯十首

駱賓王二十首

盧照隣二十八首

右四人通詩九十三首自六朝来正聲流靡四君子一變而開唐音之端卓然成家觀子美之詩可見矣然其律調初變未能皆純今擇其粹者列爲唐詩始音云

唐詩始音卷之一

楊烱

從軍行

烽火照西京，心中自不平。牙璋辭鳳闕，鐵騎繞龍城。雪暗凋旗畫，風多雜鼓声。寧為百夫長，勝作一書生。

劉生

卿家本六郡，年長入三秦。白璧酧知己，黃金謝主人。劍鋒生赤電，馬足起紅塵。日莫歌鍾發，喧動四鄰。

紫騮馬

俠客重周游金鞭控紫騮蛇弓白羽箭鶴轡赤茸鞦发跡来南海長鳴向北州匈奴今未滅畫地取封侯

驄馬

驄馬鐵連錢長安俠少年帝畿平若水宮路直如弦夜玉粧車軸秋金鑄馬鞭風霜但自保窮達任皇天

和劉侍郎入隆唐觀

福地陰陽合仙都日月開山川凌四塞城樹隱

三臺伏檻排雲出飛軒繞澗迴參差淩倒景蕭
洒軼浮埃百果珠爲實羣峰錦作苔懸蘿暗䰍
霧瀑布響成雷方士燒丹液真人泛玉杯還如
問桃水更似得蓬萊漢帝求仙日相如作賦才
自然金石奏何必上天台

送劉校書從軍　　校

天將下三宫星門召五戎坐謀資廟畧飛檄佇
文雄赤土流星劍烏號明月弓秋陰生蜀道殺
氣繞湟中風雨何年別琴尊此日同離亭不可
望溝水自西東

送臨津房少府

岐路三秋别江津萬里長烟霞駐征蓋絃奏促飛觴階樹含斜日池風泛早涼贈言未終竟流涕忽霑裳

送豐城王少府

愁結亂如麻長天照落霞離亭隱喬樹溝水浸平沙左尉才何屈東關望漸賒行看轉牛斗持此報張華

送鄭州周司功

漢國臨清渭京城枕蜀河居人下珠淚賓御促

驪歌望極關山遠秋深烟霧多唯餘二五夕明
月輅經過

夜送趙縱

趙氏連城璧由来天下傳〻送君還舊府明月滿
前川

王子安

臨高臺

臨高臺〻〻〻迢遞絶浮埃瑶軒綺構何崔嵬
鸞歌鳳吹清且哀俯瞰長安道萋〻御溝草斜
對甘泉路蒼〻茂陵樹高臺四望同佳氣鬱葱

葱紫閣丹樓紛照耀璧房錦殿相玲瓏東迷長
樂觀西指未央宮赤城映朝日緑樹搖春風旗
亭百隊開新市甲第千甍分戚里朱輪翠蓋不
勝春疊榭層楹相對起復有青楼大道中繡戶
文窗雕綺櫳錦衣晝不襞羅帷夕未空歌屛朝
掩翠粧鏡晚窺紅爲君安寶髻娥眉罷花叢狹
路塵間黯將暮雲間月色明如素鴛鴦池上兩
々飛鳳凰楼下雙々度物色正如此佳期那不
顧銀鞍繡轂盛繁華可憐今夜宿倡家々々少
婦不須顰東園桃李片時春君看舊日高臺處

柏梁銅雀生黃塵

采蓮曲

采蓮渧淥水夫容衣秋風起浪鳧鴈飛桂棹蘭橈下長浦羅裙玉腕輕搖櫓葉嶼花潭極望平江謳越吹相思苦〻〻〻佳期不可駐塞外征夫猶未還江南采蓮今已暮〻〻〻摘蓮花渠今那必盡倡家官道城南把桑葉何如江上采蓮花〻〻復蓮花〻葉何稠疊葉翠本羞眉花紅強如頰佳人不在茲悵望別離時牽花憐共蒂折藕愛連絲故情無處所新物徒華滋不惜

西津交珮解還羞北海鴈書遲采蓮歌有節采
蓮夜未歇正逢浩蕩江上風裵徊蓮浦夜相逢
吴姬越女何丰茸共問寒江千里外征客關山
路幾重

秋夜長

秋夜長殊未央月明白露澄清光層城綺閣遥
相望川無梁北風受節南鴈翔崇蘭委質時菊
芳鳴環曳履出長廊為君秋夜擣衣裳纖羅對
鳳凰丹綺雙鴛鴦調砧亂杵思自傷征夫萬里
戍他鄉鶴關音信斷龍門道路長君在天一方

寒衣徒自香

三月曲水宴

彭澤官初去河陽賦始傳田園歸舊國詩酒閙
長筵列室窺丹洞分樓瞰紫烟縈回亘津渡出
没控郊鄽鳳琴調上客龍轡儼羣仙䑓石偏宜
古藤蘿不記年重簷交密樹複磴擁危泉抗石
跡南嶺乘沙眇北川傅巖來築處磻谿入釣前
日斜真與遠幽楚思涑蟬

泥谿

揖棹凌奔壑低鞭躡峻岐江濤出岸險峯磴入

雲危灊急船文亂巖斜騎影移水炬籠翠渚山

照落丹崖風生蘋浦葉露泣竹潭枝泛水雖去

美勞歌誰復知

懷山

鶴岑有奇徑鱗州富仙家紫泉漱珠液玄巖列

丹葩常希披塵網眇然登雲車鸞情極霄漢鳳

想疲烟霞道存蓬瀛近意愜朝市賒無為坐惆

悵虛此江上華

聖泉宴

披襟乘石磴列籍俯春泉蘭氣熏山酌松声韻

野絃影飄垂葉外香度落花前興洽林塘晚重
巖起夕烟

觀内懷仙

玉架殘書隱金壇舊迹迷牽花尋紫澗步葉下
清谿瓊漿猶類乳石髓尚如泥自能成羽翼何
必仰雲梯

贈道士

霧濃金竈靜雲暗玉壇空野花常捧露山葉自
吟風林泉明月在詩酒故人同待余逢石髓從
尓命飛鴻

八仙逕

柰園欣八正，松巖訪九仙。援蘿窺霧術，攀桂俯雲煙。代北鸞驂至，遼西鶴騎旋。終希脫塵網，連翼下芝田。

山居晚眺贈王道士

金壇疎俗宇，玉洞似仙㚏。花枝棲晚露，峯葉度晴雲。斜照移山影，迴沙擁籀文。琴尊方待興，竹樹已迎曛。

別薛華

送送多窮路，遑遑獨問津。悲涼千里道，悽斷百

年身心事同漂泊生涯共苦辛無論去與住俱
是夢中人

重別薛升華

明月沉珠浦秋風濯錦川樓臺臨絶岸洲渚亘
長天旅泊成千里棲遑共百年窮途惟有淚還
望獨潸然

尋道觀

披壓光分野蓬闕盛規模碧壇清桂閾丹洞肅
閾
松樞玉笈三山記金箱五嶽圖蒼虬不可得空
望白雲衢

游梵宇三學寺

杳閣披青磴琱臺控紫岑葉齋山路狹花積野壇深蘿幌栖禪影松門聽梵音還忻陪妙躅延賞滌煩襟

散關晨度

關山凌旦開石路無塵埃白馬高譚去青牛真氣來重門臨巨壑連棟起崇隈即今揚策度非是棄繻回

麻平晚行

百年懷土望千里倦游情高低尋戍道遠近聽

泉声礀葉緫兮色山花不辨名窮心何處盡
急暮溪清

送盧主簿

窮途非所恨虛室自相依城闕居年滿琴尊俗
事稀開襟方未巳兮袂忽多違東巖富松竹歲
暮幸同歸

餞韋兵曹

征驂臨野吹別袂慘江乘川霽浮烟歛山明落
照移鴈風凋曉葉蟬露泣秋枝亭臯兮遠望延
想間雲厓

白下驛餞唐少府

下驛窮交日昌亭旅食年相知何用早懷抱即依然浦樓低晚照鄉路隔風烟去〻如何道長安在日邊

杜少府之任蜀州

城闕輔三秦風烟望五津與君離別意同是宦游人海內存知已天涯若比隣無為在岐路兒女共霑巾

山亭夜宴

桂宇幽襟積山亭涼夜永森沉野逕寒肅穆巖

扉静竹晦南河色荷翻北潭影清興殊未歸林
端照衫景

春日還郊

閒情兼嘿嘿攜杖赴巖泉草緑縈新帶榆青綴
古錢魚淋侵岸水鳥路入山烟還題平子賦花
樹淌春田

仲春郊外

東園垂柳徑西堰落花津物色連三月風光絶
四隣鳥飛村覺曙魚戲水知春初晴山院裏何
處染囂塵

郊興

空園歌獨酌春日賦閑居澤蘭侵小徑河柳覆長渠雨去花光濕風歸葉影踈山人不惜醉唯畏淥尊虚

郊園即事

烟霞春旱賞松竹故年心斷山疑畫障縣溜瀉鳴琴草徧南亭合花開北院深閒居饒酒賦隨興欲抽簪

對酒

投簮下山閣攜酒對河梁狹水牽長鏡髙花送

斷香繁鸎歌似曲踈蝶舞成行自然催一醉非
但閱年光

詠風

肅〻涼景生加我林壑清驅烟尋磵户卷霧出
山楹去来固無跡動息如有情日落山水静為
君起松聲

銅雀妓

金鳳隣銅雀漳河望鄴城君王無處所臺榭若
平生舞筵紛可就歌梁儼未傾西陵松檟冷誰
見綺羅情

普安建陰題壁

江漢深無極梁岷不可攀山川雲霧裏游子幾時還

寒夜思友

雲間征鴈斷月下啼愁切鴻鴈西南飛如何故人別

臨江

汎汎東流水飛飛北上塵歸驂將別棹俱是倦游人

贈李十四

亂竹開三徑飛花滿四隣從来揚子宅別有尚
玄人

蜀中九日

九月九日望鄉臺他席他鄉送客杯人今已厭
南中苦鴻鴈那從北地来

滕王閣

滕王高閣臨江渚珮玉鳴鑾罷歌舞畫棟朝飛
南浦雲朱簾暮卷西山雨閑雲潭影日悠悠物
換星移度幾秋閣中帝子今何在檻外長江空
自流

盧照隣

長安古意

長安大道連狹斜青牛白馬七香車玉輦縱橫
過主第金鞭絡繹向侯家龍銜寶蓋承朝日鳳
吐流蘇帶晚霞百丈遊絲爭繞樹一羣嬌鳥共
啼花〻〻戲蝶千門側碧樹銀臺萬種色複道
交窗作合歡雙闕連甍垂鳳翼梁家畫閣天中
起漢帝金莖雲外直樓前相望不相知陌上相
逢詎相[redacted]借問吹簫向紫烟曾經學舞度芳年
得成比目何辭死願作鴛鴦不羨仙比目鴛鴦

真可羨雙去雙来君不見生憎帳額繡孤鸞好
取開簾帖鷰〻〻双飛繞畫梁羅幃翠被鬱
金香片〻行雲着蟬鬢纖〻初月上鴉黄〻〻
粉白車中出含嬌含態情非一妖童寶馬鐵連
錢倡婦盤龍金屈膝御史府中烏夜啼廷尉門
前雀欲栖隱〻朱城臨玉道遥〻翠幰没金堤
挟弾飛鷹杜陵北探丸借客渭橋西俱邀俠客
芙容劍共宿倡家桃李蹊倡家日暮紫羅裙清
歌一囀口氛氳北堂夜〻人如月南陌朝〻騎
似雲南陌北堂連北里五劇三條控三市弱柳

青槐拂地垂佳氣紅塵暗天起漢代金吾千騎
来翡翠屠蘇鸚鵡杯羅襦寶帶為君解燕歌趙
舞為君開別有豪華稱將相轉日回天不相讓
意氣由来排灌夫專權判不容蕭相專權意氣
本豪雄青虬紫燕坐生風自言歌舞長千載自
謂驕奢淩五公節物風光不相待桑田碧海須
臾改昔時金階白玉堂即今惟見青松在寂〻
寥〻楊子居年〻歲〻一床書獨有南山桂花
發飛来飛去襲人裾

結客少年場行

長安重游俠雒陽富才雄玉劍浮雲騎金鞭明月弓鬬雞過渭北走馬向關東孫賓遥見待郭解暗相通不受千金爵誰論萬里功將軍下天上虜騎入雲中烽火夜似月兵氣曉成虹橫行徇知己負羽遠從戎龍旌昏朔霧鳥陣卷胡風追奔瀚海咽戰罷陰山空歸來謝天子何如馬上翁

折楊柳

倡樓啓曙扉楊柳正依依鶯啼知歲隔條變識春歸露葉凝愁黛風花落舞衣攀折將安寄軍

中音信稀

芳樹

芳樹本多奇年華復在斯結翠成新幄開紅滿故枝風啼花應亂日度影參差容色朝朝落思君君不知

君馬黃

騮馬照金鞍轉戰入皐蘭塞門風稍急長城水正寒雪暗鳴珂重山長噴玉難不辭横絶漠流血幾時乾

登高臺

回中道路嶮蕭關烽候多五營屯右地萬乗出
西河單于拜玉璽天子按琱戈　振旅汾川曲秋
風橫大歌

雨雪曲

虜騎三秋入關雲萬里平雪似胡沙暗冰如漢
月明高闕銀為闕長城玉作城節旄零落盡天
子不知名

巫山高

巫山望不極望望下朝氣莫辨啼猿樹徒看神
女雲驚濤亂水脉驟雨暗峯文霑裳即此地况

後遠思君

昭君怨

合殿恩中絶交河使漸稀肝腸隨玉輦形影向
金微漢宮草應緑胡廷沙正飛願逐三秋鴈年
年一度歸

劉生

劉生氣不平抱劒欲專征報恩爲豪俠死難在
横行翠羽裝劒鞘黄金鏤馬纓但令一顧重不
惜百身輕

關山月

緑

塞垣通碣石虜陣抵祁連相思在萬里明月不
長懸影移金岫北光斷玉門前寄言閨中婦愁
看鴻鴈天

三月曲水宴

風烟彭澤里山水仲長園由来弃銅墨本自重
琴尊高情邈不嗣雅道今復存有美光時彦養
德坐山樊門開芳杜逕室距桃花源公子黄金
勒仙人紫氣軒長懷去城市高詠狎蘭蓀連沙
飛白鷺孤嶼嘯玄猨日影巖前落雲花江上翻
興闌車馬散林塘夕鳥喧

贈李榮道士

錦節銜天使瓊仙駕羽君投金翠山曲奠璧清江瀆圓洞開冊鼎方壇聚絳雲滄既幽難識空歌迴易分

早度分水嶺

千年遊蜀道萬里向長安徒費周王粟空彈漢吏冠馬蹄穿欲盡貂裘故轉寒層冰横九折積石凌七盤重谿既下漱峻峯亦上干隴頭聞戍鼓嶺外咽飛湍瑟瑟松風急蒼蒼山月團傳語後來者斯路誠獨難

辟

還赴蜀中貽示京邑遊好

銜宿花初滿章臺柳向飛如何正此日還望昔

多違悵別風期阻將乖雲會稀欽徒辭丹闕懸

旗陟翠微野禽喧戍鼓春草變征衣回顧長安

道關山起夕霏

同臨津紀明府孤鴈

三秋違北鴈萬里向南翔河洲花稍白關塞葉

初黃避繳風霜勁懷書道路長水流疑箭動月

照似弓傷横天無有陣度海不成行會刷能鳴

羽還赴上林鄉

西使兼字監學士薛濤

地道巴陵北天山弱水東相看萬餘里共倚一
征蓬零雨悲王粲清尊別孔融裵回聞夜鶴悵
望待秋鴻骨肉胡秦外風塵關塞中唯餘劍鋒
在耿耿氣成虹

送鄭司倉入蜀

離人丹水北遊客錦城東別意還無已離憂自
不窮隴雲朝結陣江月夜臨空關塞疲征馬霜
氛落早鴻潘年三十外蜀道五千中送君秋水
曲酌酒對秋風

綿州官池贈別

輶軒遵上國仙氣下靈關尊酒妨無地聯繼喜
輶攀離言欲贈榮高辯正連環野徑游雲斷荒
池春草斑殘花落古樹度鳥入澄灣欲叙他鄉
別幽谷有綿蠻

和夏日幽莊

聞有高蹤客耽於坐幽莊林壑人事少風烟鳥
路長瀑水含秋氣垂藤引夏涼苗深全覆隴荷
上半侵塘釣渚青鳧沒村田白鷺翔知君振奇
藻還嗣海隅芳

山莊休沐

蘭署乘閒日蓬扉狎遁栖龍柯疎玉井鳳葉下金堤川光摇水箭山氣上雲梯亭幽聞嘯鶴窓晚聽鳴雞玉軫臨風奏瓊漿映月攜田家自有樂誰肯謝青谿

入秦川界

隴阪長無極蒼山望不窮石徑縈疑斷回流映似空花開緑野霧鶯囀紫巖風春芳勿遽盡留賞故人同

春晚山莊率題二首

田家無四隣獨坐一園春鸎啼非選樹魚戲不
驚綸　山水彈琴盡風花酌酒頻年華已可樂高
興復留人
頤歩三春晚田園四望通遊絲横惹樹戲蝶亂
依藂竹懶偏宜水花狂不待風唯餘詩酒意當
了一生中
文翁講堂
錦里淹中館岷山稷下亭空梁無燕雀古壁有
丹青槐落猶疑市苔深不辨銘良哉二千石江
漢表遺靈

宜

石鏡寺

古墓芙容塔神銘松柏烟鸞沉仙鏡底花没梵輪前銖衣千古佛寶月兩重圓隱隱香臺夜鐘聲徹九天

辛司法宅觀妓

南國佳人至北堂羅薦開長裾隨鳳管促柱送鸞杯雲光身後落雪態掌中回到愁金谷晚不恠玉山頹

駱賓王

行路難

君不見玉關塵色暗邊庭銅鼓雜虜寇長城天
子按劍徵餘勇將軍受脤事橫行七德龍韜開
玉帳千里鼉鼓疊金鉦陰山苦霧埋高壘交河
孤月照連營〻〻去〻無窮極擁旆遙〻過絕
國陣雲朝結晦天山寒沙夕漲迷疏勒龍鱗水
上開魚貫馬首山前振鵰翼長驅萬里讋祁連
分麾三命武功宣百發烏號遙碎柳七尺龍文
迥照蓮春來秋去移灰琯蘭閨柳市芳塵斷鴈
門遙遞尺書稀鴛被相思雙帶緩行路難襝令
氣侵靜阜蘭但使封侯龍頷貴誰隨中婦鳳樓

塞

邊城落日

紫塞流沙北黄圖灞水東一朝辭俎豆萬里逐
沙蓬候月恒持滿尋源屢鑿空野昏邊氣合峰
迴戍烟通膂力風塵倦疆埸歲月窮河流控積
石山路遠崆峒壯志凌蒼兕精誠貫白虹君恩
如可報龍劍有雌雄

棹歌行

寫月圖黄罷凌波拾翠通鏡花搖芰日衣麝入
荷風葉露舟難蕩蓮稀浦易空鳳媒羞自試鴛

拾

翼恨難窮秋帳燈光翠倡樓粉色紅相思無別
曲併在棹歌中

王昭君

斂容辞豹尾緘怨度龍鱗金鈿明漢月玉筯染
胡塵古鏡菱花暗愁眉柳葉嚬唯有清笳曲時
聞芳樹春

宿温城望軍營

虜地寒膠折邊城夜柝聞兵符関帝闕天策動
將軍塞静胡笳徹沙明楚練分風旂翻翼影霜
劍轉龍文白羽揺如月青山斷若雲烟踈䨇卷

後塵凝似錦氣接筆懷班業臨戎想麒勳還應
雪漢恥持此報明君

靈隱寺

鷲嶺鬱岧嶢龍宮鎖寂寥樓觀滄海日門對浙
江潮桂子月中落天香雲外飄捫蘿登塔遠刳
木取泉遙霜薄花更發冰輕葉互凋待入天台
路看余渡石橋

晚泊蒲類

二庭歸望斷萬里客心愁山路猶南屬河源自
北流晚風連朔氣新月照邊秋竈火通軍壁烽

烟上戍樓龍庭但苦戰燕頷會封侯莫作關山
下空令漢國羞
早秋出塞寄東臺祥政與學士
促駕逾三永長驅望五原天街分升極地理接
樓煩谿月明關隴胡雲聚塞垣山川殊物候風
壤異涼溫戍古秋塵冷沙寒宿霧繁昔余迷學
步投跡忝詞源
春晚從李長史游開道林故山
幽尋極幽壑春望陟春臺雲光樓斷樹靈影入
仙杯古藤依格上野徑約山隈落藥飄風去流

鷗渊極来興闌苟御動巘路起浮埃

冬日野望

故人無與晤安步陟山椒野靜連雲卷川明斷霧消雲巖聞曉籟洞浦漲秋潮三江巘室斷千里故鄉遥勞歌徒自奏客䰟為誰招

夏日游山家同夏少府

返照下層岑物外狎招尋蘭逕薰幽佩槐庭落暗金谷靜風聲徹山空月色深一遣樊籠累唯餘松桂心

在兖州餞宋五

淮尼泗水地森甫汶陽東别路青驪遠離尊淥蟻空柳寒凋密翠棠晚落跦紅别後相思曲悽斷入琴風

玄上人林泉二首

林泉恣深歷風景暫褰佪客有遷鶯處人無結駟来聚花如薄雪沸水若輕雷今日徒招隱終知異鑿坏

俗遠風塵隔春還初服遲林𧄍中散地人似上皇時芳杜湏君曲幽蘭楚客詞山中有春草長似寄相思

遊靈公觀

靈峯標勝境神府枕通川玉殿斜臨漢金堂迥架烟斷風踈晚竹流水切寒絃別有青門外空懷玄圃仙

秋露

玉関涼氣早金塘秋氣帰泛掌光逾靜添花滴尚微變霜凝曉液承月委圓輝別有吴臺上應濕楚臣衣

秋鴈

聯翩辭海曲揺曳指江干陣去金河冷書帰玉

塞寒帶月凌空易迷烟退浦難何當同顧影刷
羽泛清瀾

翫初月

忌滿光恒缺乘昏影暫流自能明似鏡何用曲
如鈎

送別

寒更承夜永凉夕向秋澄離心何以贈自有玉
壺冰

在軍登城樓

城上風威冷江中水氣寒戎衣何日定歌舞入

長安

唐詩正音總目并序

襄城楊士弘編次

七言律詩共一百四首

排律二首

第五卷上下

五言絶句共一百三十三首

六言共一十三首

第六卷上中下

七言絶句共一百六十九首

以上五言古詩獨取盛唐為一卷七言古詩五言律絶盛唐中唐分上下卷七言律絶附以晚唐分為上中下卷其編意各見

本卷篇首

唐初稍變六朝之音至開元天寶間始渾然大備遂成一代之風古今獨稱唐詩豈不然邪是編以其世次之先後篇章之長短音律之和協詞語之精粹類分爲卷專取乎盛唐者欲以見其音律之純係乎世道之盛附之以中唐晚唐者所以辛其遺風之變而僅存也故自太曆以降雖有卓然成家或淪於怪或迫於險或近於庸俗或窮於寒苦或流於靡麗或過於刻削皆不及録是以皇甫茂正而下止得三十三人以

及晚唐三家體製音律之相近者附焉名曰唐
詩正音九六卷通六十九人共詩八百八十五
首學詩者曰其音聲審其製作則自見矣

唐詩正音卷之一目錄

襄城楊士弘編次

五言古詩盛唐初變六朝作者極多然音律參差各成其家所可法者止得上六人共詩一百一十九首

五言古詩卷下

韋應物四十五首　柳子厚十四首

中唐来作者多無可取獨韋柳逺追陶謝有沖澹之味可與前諸家相錯而觀故取之爲下卷通二人共詩五十九首

唐詩正音卷之一上

五言古詩

陳伯玉

感遇二十四首

微月生西海幽陽始化昇圓光正東滿陰魄已朝凝太極生天地三元更廢興至精諒斯在三五誰能徵

蘭若生春夏芊蔚何青青幽獨空林色朱蕤冒紫莖遲遲白日晚嫋嫋秋風生歲華盡揺落芳意竟何成

白日每不歸青陽時暮矣茫茫吾何思林臥觀
無始衆芳委時晦鶗鴂鳴悲耳鴻荒古已頹誰
識巢居子

聖人秘元命懼世亂其真如何嵩公輩談譎誤
時人先天誠爲美階亂禍誰因長城備胡寇嬴
禍發其親赤精既迷漢子年何救秦去去桃李
花多言死如麻

深居觀元化悱然爭朵頤羣動相啖食利害紛
𠴲𠴲便便夸毗子榮耀更相持務光讓天下
賈競刀錐已矣行采芝萬世同一時

吾愛鬼谷子青谿無垢氛囊括經世道遺身在
白雲亡雄方能鬬天下亂無君浮雲不足貴遵
養晦時文舒之彌宇宙卷之不盈分豈徒山木
壽空與麋鹿羣
樂羊為魏將食子殉軍功骨肉且相薄他人安
得忠吾聞中山相乃屬放麑翁孤獸猶不忍况
以奉君終
市人矜巧智於道若童蒙傾奪相夸後不知身
所終曷見玄真子觀世玉壺中窈然遺天地乘
化入無窮

吾觀龍變化乃是至陽精石林何冥密幽洞無
留行古之得僊道信與元化并玄感非象識誰
能測淪冥世人拘目見酣酒矣丹經崐崘有瑤
樹安得采其英
吻〻南山鹿羅罟以媒和招搖青桂樹幽蠹亦
成科世情甘近習榮耀紛如何怨憎未相復親
愛生禍羅瑤臺傾巧笑玉杯殞雙蛾誰見孤城
樹青〻成斧柯
林居病時久水木澹孤清閑臥觀物化悠〻念
無生青春始萌達朱火已滿盈徂落方自此感

歎何時平
臨歧泣世道天命良悠悠昔日殷王子玉馬遂
朝周寶鼎淪伊穀瑶臺成古丘西山傷遺老東
陵有故侯
貴人難得意賞愛在須臾莫以心如玉忝他明
月珠昔稱夭桃子今為春市徒鶗鴂悲東國麋
鹿泣姑蘇誰見鴟夷子扁舟去五湖
幽居觀大運悠悠念羣生終古代興沒豪聖莫
能爭三季淪周赧七雄滅秦嬴復聞赤精子提
劍入咸京炎光既無象晉虜復縱橫堯禹道已

時昏虐世方行豈無當世雄天道與胡兵咄々
安可言時醉而未醒仲尼溺東夏伯陽遁西濵
大運自古來旅々胡歎哉
玄天幽且默君羣議曷嗤々聖人教猶在世運久
陵遲一繩將何繫憂醉不能持去々行采芝勿
為塵所欺
蜻蛉遊天地與物本無患飛々未能止黃雀來
相干穰侯富秦寵金石比交驩出入咸陽裏諸
侯莫敢言寧知山東客激怒秦王肝布衣取卿
相千載為辛酸

翡翠巢南海雄雌珠樹林何知美人意嬌愛比
黄金殺身炎州裏委羽玉堂陰旖旎光首飾葳
蕤爛錦衾豈不在遐遠虞羅忽見尋多材信爲
累歎息此珍禽

玄蟬號白露茲歲已蹉跎羣物從大化孤英將
奈何瑤臺有青鳥遠食玉山禾崐崘見玄鳳豈
復歎雲羅

荒哉穆天子好與白雲期宮女多怨曠層城閉
蛾眉日耽瑤臺樂豈傷桃李時青苔空委絕白
髮生羅帷

朝發宜都渚浩然思故鄉故鄉不可見路隔巫
山陽巫山綵雲沒高丘正微茫竚立望已久涕
淚霑衣裳豈茲越鄉感憶昔楚襄王朝雲無處
所荊國亦淪亡
蝎來豪游子勢利禍之門如何蘭膏歎感激自
生冤衆趍明所避時弃道猶存雲泉既已失羅
網與誰論箕山有高節湘水有清源惟應白鷗
鳥可與洗心言
可憐瑤臺樹灼灼佳人姿碧華映朱實攀折青
春時豈不盛光寵榮君白玉墀但恨紅芳歇雕

傍感所思
朔風吹海樹，蕭條邊已秋。亭上誰家子，哀哀明月樓。自言隂燕客，結髮事遠遊。赤丸殺公吏，白刃報私讎。避仇至海上，被役此邊州。故鄉三千里，遼水復悠悠。每憤胡兵入，常為漢國羞。何知七十戰，白首未封侯。
仲尼探元化，幽鴻順陽和。大運自盈縮，春秋遞來過。盲飈忽號怒，萬物相紛劘。溟海皆震蕩，孤鳳其如何。

鸑鷟篇

飛飛鴛鴦鳥舉翼相蔽虧俱來綠潭裏共向白
雲涯音容相眷戀羽翮兩逶迤蘋萍戲春渚霜
霰繞寒池浦沙連岸淨汀樹拂潭垂年年此時
亂歲歲來追隨鳳凰起丹穴獨向梧桐枝鴻鴈
來紫塞空憶稻粱肥烏啼倦永夕鶴鳴傷別離
豈若此雙禽飛翻不異林刷毛清江浦交頸紫
山岑文章負奇色和鳴皆好音聞有鴛鴦綺復
有鴛鴦衾持為美人贈勖此故交心

脩竹篇

鍾龍生南嶽孤翠鬱亭亭峯嶺上崇崒煙雨下

冥〻夜聞䆉鼠叫晝聽泉壁聲春風正淡蕩白
露已清泠哀響激金奏密色滋玉英歲寒霜雪
苦含彩獨青〻崖不厭凝列羞比春木榮春木
有榮歇此節無凋零始願與金石終古保堅貞
不意伶倫子吹之學鳳鳴遂偶雲和師張樂迩
天庭妙曲方千變簫韶亦九成信蒙雕琢美常
願事仙靈驅馳翠虬駕伊鬱紫鸞笙結交嬴臺
女吟弄昇天行攜手登白日遠遊戲赤城低昂
玄鶴舞斷續彩雲生永隨衆僊去三山遊玉京

薛[illegible]通

秋日還京陝西十里作

驅車越陝郊北顧臨大河隔河見鄉邑秋風水增波西登咸陽途日暮憂思多傅巖既鬱紆首山亦嵯峨操築無昔老采薇有遺歌客遊既迴換人生知幾何

儲光羲

樵父詞

山北饒朽木山南多枯枝枯枝作采薪爨室私自知詰朝礪斧斤尋視暮行歌歸先雪隱薛荔迎

瞪臥茅茨清澗日濯足喬林時曝衣終年登陟
阻不復憂安危蕩漾與神遊莫知是與非

漁父詞

澤魚多鳴水谿魚好上流漁梁不得意下渚潛
垂鉤亂荇時礙楫新蘆復隱舟靜言念終始安
坐看沉浮素髮隨風揚遠心與雲游逆浪還極
浦信潮下滄洲非為徇形役所樂在行休

牧童詞

不言牧田遠不道牧陂深所念牛馴擾不亂牧
適心劃笠覆我首長蓑披我襟方將憂暑雨亦

以懼寒陰犬牛隱曾坂小牛穿近林同類相鼓
舞䲙物成謳吟耳樂須臾間寧問聲與音

采蓮詞

淺渚荇花繁深潭菱葉疎獨往方自得恥邊淇
上姝廣江無術阡大澤絕方隅浪中海童語林
下鮫人居春雁時隱舟新萍復滿湖采采乘日
養不思賢與愚

采菱詞

濁水菱葉肥清水菱葉鮮義不游濁水志士多
苦言潮沒具區藪潦深雲夢田朝隨北風去暮

逐南風旋浦口多漁家相與邀我船飯稻以終
日羹蓴將永年方冬水物窮又欲休山樊盡室
相隨從所貴無憂患

射雉詞

曝暄理新翳迎春射鳴雉原田遥一色皐陸曠
千里遥聞咿喔聲時見雙飛起羃歷蹤蒿下陪
鰓深蔡裏顧敵已忘生爭雄方决死仁心貴勇
義豈能復傷此趦遥下故墟迨逅回高峙大夫
昔何苦取咲懽妻子

猛虎詞

寒亦不憂雪飢亦不食人〻肉豈不甘所惡傷明神大室為我宅孟門為我鄰百獸為我膳五龍為我賔蒙馬一何威浮江亦以仁彩章耀朝日爪牙雄武臣高雲逐氣浮厚地隨聲震君能賈餘勇日夕長相親

野田黃雀行

嘖〻野田雀不知軀體微閑穿深蒺裏爭食復爭飛窮老一頹舍棗多桑葉稀無棗猶可食無桑何以衣蕭條空倉暮相引時来歸斜路豈不捷渚田豈不肥水長路且壞惻〻與心違

效古二首

晨登涼風臺莫走邯鄲道曜靈何赫烈四野無青草大軍北集燕天子西居鎬婦人役州縣丁男事征討老幼相別離哭泣無昏早稼穡既殄絶川澤復枯槁曠哉遠此憂冥冥南山皓

東風吹大河河水如倒流河洲塵沙起有若黄雲浮頳霞燒廣澤洪曜赫高丘野老泣相語無地可蔭休翰林有客卿獨負蒼生憂中夜起躑躅思欲獻厥謀君門峻且深踠足空夷猶

雜詩

圻渾本無象末路多是非達士志寥廓所在能
忘擾耕鑿時未至還山聊采薇虎豹對我蹲鸞
鷟傷我飛仙人空中來謂我勿復歸格澤為君
駕虹蜺為君衣西遊崐崙墟可與世人違

田家雜興八首

春至鶬鶊鳴薄言向田墅不能自力作黽勉取
隣女既念生子孫方思廣田圃閒時相顧笑喜
悅好禾黍夜登嘯臺南望洞庭渚百草被霜露
秋山響砧杵却羡故年時中情無所取
衆人恥貧賤相與尚膏腴我情既浩蕩所樂在

畋漁亦濟時晦瞑歸家暫閑居滿園種葵藿繞屋樹桑榆禽雀知我閒翔集依我廬所願在優游州縣莫相呼日與南山老兀然傾一壺

逍遥阡陌上遠近無相識落日照秋山千巖同一色網罟繞深榛鷹鷂始輕翼獵馬既如風奔獸莫敢息駐旗滄海上犒士吴宫側茭國有夫人性情本貞直鮮禽徒自美終歲竟不食

梧桐蔭我門薜荔網我屋迢迢兩夫婦朝出暮還宿稼穡既自種牛羊還自牧日旰懶耕鋤登高望川陸空山足禽獸虛落多喬木白馬誰家

兒翮〻相馳逐

楚山有高士梁國有遺老築室既相鄰同田復

同道糗糒常共飯兒孫每更抱忘此耕耨勞愧

彼風雨好蟪蛄鳴空澤鶗鴂傷秋草日夕寒風

來衣裳苦不早

貧士養情性不復知憂樂去家行賣畚留滯南

陽郭秋至黍苗黃無人可刈穫孺子朝未飯把

竿逐鳥雀忽見梁將軍乘車出宛洛意氣軼道

路光輝滿墟落安知負薪者咥〻啖輕薄

種桑百餘樹種黍三十畝衣食既有餘時〻會

賔友夏来瓶米飯秋至菊花酒孺人喜逢迎稚
子觧趋走日暮閒園裏團團蔭榆栁酩酊乘夜
帰涼風吹户牖清淺望河漢低昂看北斗數甕
猶未開明朝能飲否
田家趋隴畞當晝掩虗關隣里無烟火兒童共
幽閑桔橰懸空圃雞犬滿桑間時来農事隙采
藥遊名山但念所采多不言路險艱人生如蜉
蝣一往不可攀君看西王母千載美容顔
同王十三維偶然作二首
野老本貧賤冒雨鋤㡳田一畦未及終樹下髙

枕眠荷蓧者誰子䚡々来息肩不復問鄉墟相
見但依然腹中無一物高話羲皇年落日臨
城逍遥望秦川使婦提蠶筐呼兒榜魚船悠々
泛漾水去摘浦中蓮々花艷且妍使我不得還
仲夏日中時草木看欲燋田家惜工力把鋤来
東皐顧望浮雲陰征々誤傷苗蝗来悲困極兄
嫂共相饒無錢可沽酒何以解劬勞夜深星漢
明庭宇虚寒々高柳三五株可以獨逍遥

又同王十三作

北山種松柏南山種蒺藜出入雖同趣所向各

歸

有宜孔丘貴仁義老氏好無為我心若虛空此
道將安施嬃澒伊闕間晼晚三伏時高閣入雲
中芙蓉滿清池要自非我室還望南山陲

田家即事

蒲葉日已長杏花日已滋老農要看此貴不違天時
迎晨起飯牛雙駕耕東菑蚯蚓土中出田烏隨我飛
羣合乱啄噪嗷〻如道飢我心多惻隱顧此兩傷悲
撥食與田烏日暮空筐歸親戚更相誚我心終不移

遊茅山四首

十年別鄉縣西去入皇州此意在觀國不言空

逢遊九衢平若水利往無輕舟北洛反初路東
江還故丘春山多秀木碧澗盡清流不見子桑
戶當從方外求
平生非作者望古懷清芬心以道為際行將時
不葦兹山在人境靈既久傳聞遠勢一峯出近
形千嶂兮冬春有茂草朝暮多鮮雲此去亦何
極得言西日曛
昔賢居柱下今我去人間良以直心曠無之外
視聞乘綸非釣國好學兵希顏落日登高巘悠
亡望遠山溪流碧水去雲帶清陰還想見中林

但

巖扉長不關
名巒徵僊車清都訪道書山門入枱栢天路極
空虛南極見朝采西潭聞夜漁遠心尚雲宿浪
跡出村居為已存寶際忘形同化初此行良已
矣不樂復何如

終南幽居獻蘇侍郎二首

中歲尚徵道始知將谷神抗策還南山水木自
相親深林開一道青嶂成四隣平明去采薇日
入行刈薪雲歸萬壑暗雪罷千巖春始看玄鳥
來已見瑤華新寄言褰芳者無乃後時人

卜築青靄裏雲蘿四垂陰虛室若無人喬木自
成林時有清風至側聞樵采音鳳皇鳴南岡望
望隔層岑既言山路遠復道谿流深偃仰空中
游虬龍水中吟何當見輕翼爲我達遠心

夜到京口入黃河

河洲多青草朝暮增客愁客愁惜朝暮枉渚暫
停舟中宵大川靜解纜逐歸流浦溆既清曠沿
洄非阻脩登艫望落月擊汰悲新秋儻遇乘槎
客永言星漢游

行子苦泊夾舟貽潘少府

行子苦風潮維舟未能發宵分卷前幔臥視清
秋月四澤蒹葭深中洲烔火絶蒼蒼水霧起落
落踈星沒所遇盡漁樵與言多楚越其如念極
浦又以思明哲常若千里餘況之異鄉別

使過彈箏峽作

鳥雀知天雪羣飛復羣鳴原田無遺粟日暮滿
空城達士憂世務鄙夫念王程晨過彈箏峽馬
足淩兢行雙壁隱靈曜莫能知晦明皚皚堅冰
白漫漫陰雲平始信古人言苦節不可貞

過新豐道中

西下長樂坂東入新豐道雨多車馬稀道上生秋草大陰閱阜陸不知晚與早雷雲杳冥冥川谷滂浩浩詔書植嘉木衆言撫李好自愧無此容顏從漢陰老

仲夏入園東陂

方塘深且廣伊昔俯吾廬環岸垂綠柳盈潭發紅蕖上延北原秀近屬幽人居暑雨若混沌清明如空虛此鄉多隱逸水陸見樵漁廢賞亦何貴爲驩良易攄且言重觀國當與賦歸歟

喫茗粥作

當晝暑氣盛鳥雀靜不飛念君高梧陰復解山
中衣數片遠雲度曾不蔽炎暉淹留膳茶粥共
我飯蕨薇敝廬既不遠日暮徐々歸

釣魚灣

垂釣澤灣春々深杏花亂潭清疑水淺荷動知
魚散日暮待情人維舟綠楊岸

題太玄觀

門外車馬喧門裏宮殿清行即翳若木坐即吹
玉笙所喧既非我真道其冥々

述華清宮

上林神君言此地即明庭山開鴻濛色天轉招
摇星三雪報大有孰謂非我靈

幽居

幽人下山徑去去夾青林滑處莓苔濕暗中蘿
薜深春朝烟雨微猶帶浮雲陰

王摩詰

藍田山石門精舍

落日山水好漾舟信歸風玩奇不覺遠因以緣
源窮遥愛雲木秀初疑路不同安知清流轉偶
與前山通捨舟理輕策果然愜所適老僧四五

人逍遥蔭松柏朝梵林未曙夜禪山更宗道心
及牧童世事問樵客暝宿長林下焚香卧瑶席
澗芳襲人衣山月暎石壁再尋畏迷誤明發更
登歷㗑謝桃源人花紅復来覿

贈房盧氏琯

達人無不可忘己愛蒼生豈復小千室絃歌在
兩楹浮人日已歸但坐事農畊桑榆鬱相望邑
里多雞鳴秋山一何凈蒼翠臨寒城視事無偃
卧對書不簪纓蕭條人吏散鳥雀下空庭鄙夫
心所向晚節異平生將從海嶽居守静觧天刑

或可累安邑茅茨君試營

贈祖三詠

蟰蛸掛虛牖蟋蟀鳴前除歲晏涼風至君子復
何如高館閒無人離居不可道閑門寂已閉落
日照秋草雖有近音信千里阻河關中復客汝
穎去年歸舊山結交二十載不得一日展貪病
子既深契闊余不淺仲秋雖未歸莫秋以為期
良會詎幾日中自長相思

戲贈張五弟諲

吾弟東山時心尚亦何遠日高猶自臥鐘動始

能飯頭上髮未梳床頭書不卷清川與悠悠空休對偃蹇青苔石上淨細草枏下軟窗外鳥聲閑階前虎心善徒然萬慮多澹尔太虛緬一知與物平自顧為人淺對君忽自得浮念不煩遣

休暇還舊業便使

謝病始告帰依依入桑梓家人皆佇立相候衆門裏時輩皆長年成人舊童子上堂家慶畢顧與姻親齒論舊忽餘悲目存且相喜田園轉蕪沒但有寒泉水衰柳日蕭條秋光清邑里入門乍如昨休騎非便止中飯顧王程離憂從此始

宿鄭州

朝與周人辭莫投鄭人宿他鄉絕儔侶孤客親僮僕宛洛望不見秋霖晦平陸田父草際歸村童雨中牧主人東皐上時稼繞茅屋蟲思機杼鳴雀喧禾黍熟明當渡京氷昨晚猶金谷此去欲何言窮邊徇微祿

觀別者

青〻楊柳陌〻上別離人愛子遊燕趙高堂有老親不行無可養行去百憂新切〻委兄弟依依向四隣都門帳飲畢從此謝賓親揮淚逐行

俚吝悽動征輪從望不見時時起行塵余亦辭家者看之淚濺巾

送別

聖代無隱者英靈盡來歸遂令東山客不得顧采薇既至君門遠孰云吾道非江淮度寒食京洛縫春衣置酒臨長道同心與我違行當浮桂棹未幾拂荊扉遠樹帶行客孤城當落暉吾謀適不用勿謂知音稀

冬日遊覽

步出城東門試騁千里目青山橫蒼林赤日團

平陸渭北走邯鄲關東出函谷秦地萬方會來
朝九州牧鷄鳴咸陽市冠蓋相追逐丞相過列
侯羣公餞光禄相如方老病獨歸茂陵宿

崔濮陽兄季重前山興

秋色有佳興況君池上閒悠悠西林下自識門
前山千里横黛色數峯出雲間嵯峨對秦國合
沓藏荊關殘雨斜日照夕嵐飛鳥還故人今尚
爾歎息此頹顔

過李揖宅

閑門秋草色終日無車馬客來深巷中犬吠寒

籬下散髮時未簪道書行尚把與我同心人樂道安貧者一罷宜城酌還歸洛陽社

渭川田家

斜光照墟落窮巷牛羊歸野老念僮僕倚杖候荆扉雉雊麥苗秀蚕眠桑葉稀田夫荷鋤立相見語依依即此羡閑逸悵然歌式微

春中田家作

屋上春鳩鳴村邊杏花白持斧伐遠揚荷鋤覘泉脉新燕識舊巢舊人看新曆臨觴忽不御惆悵遠行客

齊州送祖三

相逢方一咲相送還成泣祖帳已傷離荒城復
愁入天寒遠山净日暮長河急解纜君已遥望
君猶佇立

贈劉藍田

籬中犬迎吠出屋候柴扉歲晏輸井稅山村人
夜歸晚田始家食餘布成我衣詎肯無公事煩
君問是非

歎白髮

我年亦何長鬢髮日已白俛仰天地間能為幾

時客惆悵故山雲徘徊空日久何事與時人東
城復南陌

李陵詠

漢家李將軍三代將門子結髮有奇策少年成
壯士長驅塞門兒深入單于壘旌旗列相向簫
鼓悲何已日暮沙漠乘戰聲煙塵裏將令驕虜
滅豈獨名王侍既失大軍援遂嬰穹廬耻少小
蒙漢恩何堪坐思此深衷欲有報投軀未能死
引領望子卿非君誰相理

西施浣

艷色天下重西施寧久微朝為越溪女暮作吳
宮妃賤日豈殊衆貴來方悟稀邀人傅脂粉不
自着羅衣君寵益嬌態君憐無是非當時浣紗
伴莫得同車歸持謝隣家女效顰安可希

羽林騎閨人

秋月臨高城〻中管絃思離人堂上愁稚子階
前戲出門復映戶望〻青絲騎行人過欲盡狂
夫終不至左右寂無言相看共垂淚

孟浩然

尋香山湛上人

朝遊訪名山山遠在空翠氛氳亘百里日入行
始至谷口聞鐘聲林端識香氣杖策尋故人解
鞍暫停騎石門殊豁險篁徑轉森邃法侶忻相
逢清談曉不寐平生慕真隱累日探多異野老
朝入田山僧暮歸寺松泉多逸響苔壁饒古意
願言投此山身世兩相棄

題終南翠微寺空上人房

翠微終南裏雨後宜返照閉門久沉冥杖策一
登眺遂造幽人室始知靜者妙儒道雖異門雲
林頗同調兩心喜相得畢景共談笑瞑還高窓

眺時見遠山燒絕懷赤城標更憶臨海嶠風泉
有清聽何必蘇門嘯

發漢浦潭

東旭早光芒諸禽已驚聒臥聞漁浦口橈聲暗
相撥日出氣象分始知江路闊美人常晏起照
影美流沫飲水畏驚猨祭魚時見獺舟行自無
悶况值晴景豁

漢中漾舟

漾舟逗何處神女漢皐曲雪罷冰復開春潭千
丈淥輕舟恣往來探翫無厭足波影搖妓釵沙

光逐人目傾盃魚鳥醉聯句鶯花續良會難再
逢日入須秉燭

龍泉精舍

亭午聞山鍾起行散愁宗尋林采芝去谷轉松
蘿密菊見精舍開長廊飯僧畢石渠流雪水金
子曜霜橘竹房思舊遊過憩終永日入洞窺石
髓傍厓采蜂蜜日暝辭遠公虎谿相送出

登蘭山寄張五

北山白雲裏隱者自怡悅相望始登高心隨飛
雁滅愁因薄暮起興是清秋發時見歸村人平

沙度頭歇天邊樹若薺江畔舟如月何當載酒
來共醉重陽節

西山尋辛諤

漾舟乘水便因訪故人居落日清川裏誰言獨
羨魚石鏡窺洞徹沙岸歷紆餘竹嶼見垂釣茅
齋聞讀書款言忘景夕清興屬涼初回也一瓢
飲賢哉常晏如

南亭懷辛子

山光忽西落池月漸東上散髮乘夕涼開軒臥
閑敞荷風送香氣竹露滴清響欲取鳴琴彈恨

無知音賞感此懷故人中宵勞夢想

宿業師山房待丁公不至

夕陽度西嶺羣壑倐已暝松月生夜凉風泉滿清聽樵人歸欲盡烟鳥棲初定之子期宿來孤琴候蘿逕

耶谿泛舟

落景餘清暉輕橈弄溪渚澄明愛水物臨泛何容與白首垂釣翁新妝浣紗女看〻似相識脉〻不得語

聽鄭五音琴

阮籍推名飲清風坐竹林半酣下衩袖拂拭龍
唇琴一杯彈一曲不覺夕陽沉余意在山水聞
之諧夙心

萬山潭

垂釣坐槃石水清心亦閒魚行潭樹下猨卧𦫿
籐間遊女昔解珮傳聞於此山求之不可得沿
月棹歌還

歲暮海上作

仲尼既已没余亦浮于海昏見斗柄回方知歲
星改虚舟任所適垂釣非有待為問乘槎人滄

洲復何在

送從弟落第後歸會稽

疾風吹征帆倏尒向空没千里去俄頃三江坐超忽向來共懽娱日夕成楚越落羽更分飛誰能不驚骨

采樵作

采樵入深山ヒ深水重疊橋崩卧槎擁路峻乗藤攀日落伴將稀山風拂蘿衣長歌負輕策平野望烟歸

月下有懷

秋空明月懸光彩露霑濕驚鵲棲未定飛螢卷
簾入庭愡寒影踈隣杵夜深急佳期曠何許望
望空佇立

晚泊潯陽望香鑪峯

挂席幾千里名山都未逢泊舟潯陽郭始見香
鑪峯嘗讀遠公傳永懷塵外蹤東林精舍近日
暮空聞鐘

峴潭作

石潭傍隈隩沙岸晚夤緣試垂竹竿釣果得搓
頭鯿美人騁金錯纖手膾紅鮮曰謝陸內史蓴

羨何足傳

大堤行寄萬七

大堤行樂處車馬相馳突歲〻春草生踏青二三月王孫挾珠彈遊女矜羅襪攜手今莫同江花為誰發

常建

仙谷遇毛女意知是秦宮人

谿口水石淺泠〻明藥籙入谿雙峯峻松栝梳幽風乘嶺枝嫋〻鷖泉花濛〻角緣霽人目路盡心彌通盤石横陽厓前臨殊未䑠回潭清雲

影沕瀁長天空水邉一神女千歲爲玉童羽毛
經漢代珠翠逃秦宮目覯神巳寓鶴飛言未終
祈君青雲祕願謁黃仙翁嘗以耕玉田龍鳴西
項中金梯與天接幾日來相逢

夢太白峯

夢寐昇九崖杳靄逢元君遺我太白峯寥寥辭
垢氛結宇在星漢宴林閉氤氳簷楹覆餘翠巾
舄生片雲時往谿水閒孤亭晝仍曛松峯引天
影石瀨清霞文恬目緩舟趣霽心投鳥羣春風
又搖擢潭島花紛紛

千古未看如此奇句

送楚之十少府

微風吹霜氣寒斂朗前除落日未能別蕭〻林木虛愁焰闕千里仙尉其何如曰送別鶴操贈之雙鯉魚鯉魚在金盤別鶴哀有餘心事則如此請君開素書

晦日馬鐙曲稍次中流作

夜寒宿蘆葦曉色明西林初日在川上便澄遊子心秦天無纖翳郊野浮春陰波靜隨釣魚舟小綠水深出浦見千里曠然諧遠尋扣舷應漁父回唱滄浪吟

塞上曲

翩々雲中使来問太原卒百戰苦不歸刀頭怨明月塞雲隨陣落寒日傍城沒城下有寡妻哀々哭枯骨

昭君墓

漢宫豈不死異域傷獨沒萬里馱黄金蛾眉為枯骨迴車夜出塞立馬皆不發共恨丹青人墳上哭明月

吊王将軍墓

嫖姚北伐時深入强千里戰餘落日黄軍敗鼓

聲死嘗聞漢飛將可憐單于與山鬼隣殘兵戍遼水

送陸擢

聖代多才俊陸生何考槃南山高松樹不合空摧殘九月湖上別北風秋雨寒殷勤歎孤鳳早食金琅玕

江上琴興

江上調玉琴一絃清一心泠泠七絃遍萬木澄幽陰能使江月白又令江水深始知梧桐枝可以徽黄金

送李十一尉臨谿

泠泠花下琴君唱渡江吟天際一帆影豫懸離別心以言神僊尉曰致瑶華音回軫拊商調越谿澄碧林

宿王昌齡隱居

清谿深不測隱處惟孤雲松際露微月清光猶為君茅亭宿花影藥院滋苔紋余亦謝時去西山鸞鶴羣

閑齋卧病行藥至山館稍次湖亭二首

旬時結陰霖簾外初白日齋沐清病容心亮畏

虛室閑梅照前戶明鏡悲舊質同袍四五人何
不來問疾
行藥至石壁東風變萌芽主人山門綠小隱湖
中花時物堪獨往春帆宜別家辭君向滄海爛
熳從天涯

春詞

宛宛黃柳絲濛濛雜花垂日高紅粧臥倚樹春
光遲寧知傍淇水騣裊黃金羈
翳翳陌上桑南枝交北堂美人金梯出素手自
提筐非但畏蠶飢盈盈嬌路傍

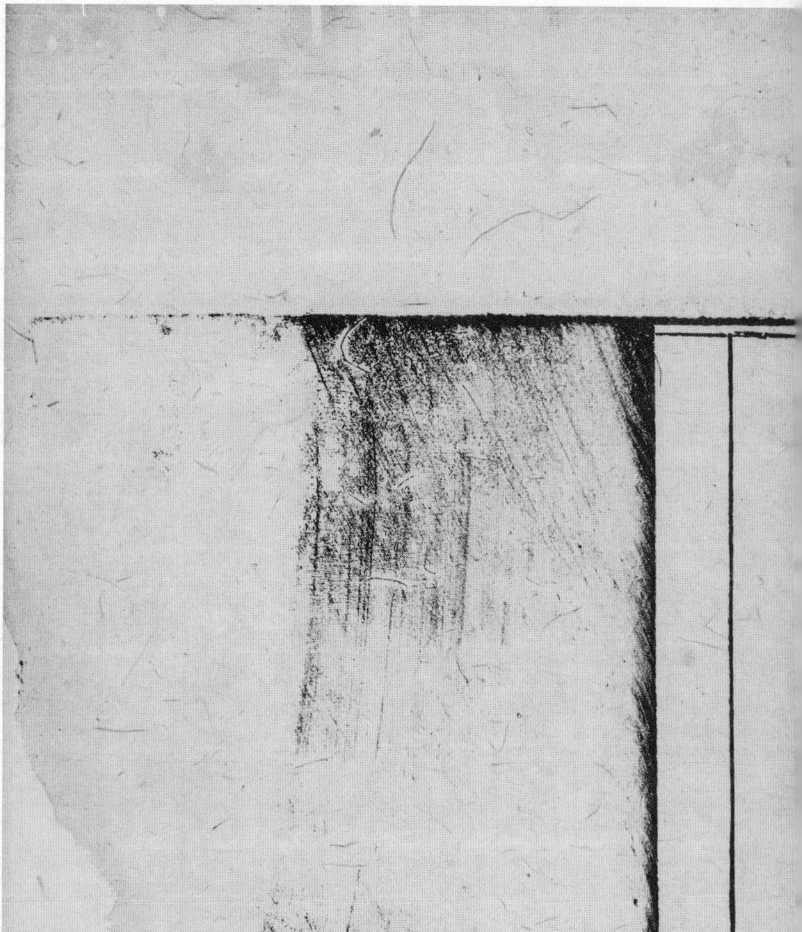

唐詩正音卷第一下

韋應物

擬古五首

辭君遠行邁遠飲此長恨端已謂道里遠如何中
險艱流水赴大壑孤雲還暮山無情尚有歸行
子何獨難驅車背鄉國朔風卷行跡嚴冬霜斷
肌日入不遑息憂懽容髮變寒暑人事易中心
君詎知冰玉徒貞白
春至林木變洞房夕含清單居誰能裁好鳥對
我鳴良人久燕趙新愛移平生別時雙鴛綺留

此千恨情碧草生舊跡綠琴歇芳聲思將魂夢
懽反側寐不成攬衣迷所次起望空前庭孤影
中自惻不知雙涕零
月滿秋夜長驚烏號北林天河橫未落斗柄當
西南寒蛩悲洞房好鳥無遺音商飈一夕至獨
宿懷重衾舊交日千里隔我浮與沉人生豈草
木寒暑移此心
黄鳥何關〻幽蘭亦靡〻此時深閨婦日照紗
窗裏娟〻雙青娥微〻啓玉齒自惜桃李年誤
身遊俠子無事久離別不知今生死

有客天一方寄我孤桐琴迢々萬里隔託此傳
幽音冰霜中自結龍鳳相與吟絃以明直道漆
以固交深

送終

奄忽逾時節日月獲其良蕭々車馬悲祖載發
中堂生平同此居一旦異存亡斯須亦何益終
復委山岡行出國南門南望鬱蒼々日入乃云
造慟哭宿風霜晨遷俯玄廬臨訣但遑々方當
永潛翳仰視白日光俯仰遽終畢封樹已荒涼
獨留不得還欲去結中腸童稚知所失啼號提

我嘗即事猶念卒歲月始難忘

宴別幼遐與君貺兄弟

乖闊意方弭安知忽來翔累日重懽宴一旦復
離傷置酒慰茲夕秉燭坐華堂契闊未及展晨
星出東方征人慘已辭車馬儼成裝我懷自無
懽原野滿春光羣水含時澤野雉鳴朝陽平生
有壯志不覺淚霑裳況自守空宇日夕但徬徨

留別洛京親友

握手出都門駕言適京師豈不懷舊廬惆悵與
子辭麗日坐高閣清觴讌華池昨遊倏已過後

遐良未知念結路方永歲陰野無暉單車我當
前暮雪子獨歸臨流一相望零淚忽霑衣

西郊燕集

濟濟眾君子高燕及時光羣山靄遐矚綠野布
熙陽列坐遵曲岸披襟襲蘭芳野庖薦嘉魚激
澗泛羽觴眾鳥鳴茂林綠草延高岡盛時易徂
謝浩思坐飄颺眷言同心友茲遊安可忘

移疾會詩客元生與釋子法朗曰貽諸曹

對此嘉樹林獨有戚戚顏抱瘵知曠職淹旬非
樂聞釋子來問訊詩人亦扣關道同意暫遣客徵

來徐還邇徑自幽靜玄蟬噪其間高窗瞰遠郊

暮色起秋山英曹華休暇悵々心所攀

龍門遊眺

鑿山導伊流中斷若天闕都門遙相望佳氣生

朝夕素懷出塵意適有攜手客精舍繞層阿千

龕鄰峭壁緣雲路猶緬想瀏鐘已寂花樹發烟

華淙流散石瓶長嘯招遠風臨潭漱金碧日落

望都城人間何役々

登西南岡卜居遇雨尋竹浪至澧壖縈

帶數里清流茂樹雲物可賞

登高創危構林表見川流微雨颯已至蕭條川氣秋下尋密竹盡忽曠沙際遊紆直水分野綿延稼盈疇寒花明廢墟樵牧笑榛丘雲水成陰澹竹樹更清幽適自戀佳賞復茲永日留

藍嶺精舍

石壁精舍高排雲聊直上佳遊悵始願忘嶮得前賞崖傾景方晦谷轉川如掌綠林含蕭條飛閣起弘敞道人上方至深夜還獨往日落羣山陰天秋百泉響所嗟累已成安得長偃仰

夏夜憶靈巋

靄〻高館暮開軒滌煩襟不知湘雨来蕭灑在
幽林炎月得涼夜芳罇誰與斟故人南北居累
月間徽音人生無閑日懽會當在今反側候天
旦層城苦沉〻

幽居

貴賤雖異等出門皆有營獨無外物牽遂此幽
居情微雨夜来過不知春草生青山忽已曙鳥
雀繞舍鳴時與道人偶或隨樵者行自當安蹇
劣誰謂薄世榮

寄子西

夏景已難度懷賢思方續喬樹落疎陰微風散
煩燠傷離枉芳札忻遂見心曲藍上舍已成田
家雨新足託隣素多欲殘秩猶見束日夕上高
齋但望東原緑

出還

昔出喜還家今還獨傷意入室掩無光銜哀寫
虛位悽悽動幽幔寂寂驚寒吹幼女復何知時
來庭下戲咨嗟日復老錯莫身如寄家人勸我
餐對案空垂淚

同德寺雨後寄元侍御李博士

川上風雨來須臾滿城闕岧嶢青蓮界蕭條孤
興發前山邊已淨陰靄夜來歇喬木生夏涼流
雲吐華月嚴城自有限一水非難越相望曙河
遠高齋坐超忽

善福精舍示諸生

湛湛嘉樹陰清露夜景沉悄然群物寂高閣似
陰岑方以玄默處豈為名跡侵法妙不知歸獨
此抱沖襟齋舍無餘物陶器與單衾諸生時列
坐共愛風滿林

陪王卿郎中遊南池

鴛鴻俱失侶同爲此地遊露浥荷花氣風散柳
園秋烟草緹衰嶼星漢泛歸流林高初上月塘
深未轉舟清言屢往復華尊始獻酬終憶秦川
賞端坐起離憂

酬盧嵩高秋夜見寄

喬木生夜涼月華滿前墀去君咫尺地勞君千
里思素書棲遁志況貽招隱詩坐見林木榮願
赴滄洲期何能待歲晏攜手當此時

與友生野飲效陶體

舊酉花林下前有千載賞於時不共酌奈此泉

下人始自玩芳物行當念徂春聊舒遊世路生
望還山雲且遂一歡笑焉知賤與貧
效陶彭澤
霜露悴百草時菊獨妍華物性有如此寒暑其
奈何掇英泛濁醪日入會田家盡醉茅簷下一
生豈在多
與韓庫部會王祠曹宅作
閑門蔭堤柳秋渠含夕清微風送荷氣坐客散
塵纓守默共無悶抱沖俱寡營良時頗高會琴
醖共開情

南塘泛舟會元六昆季

端居倦時燠輕舟泛回塘微風飄襟散摇吹繞林長雲潛水容夕雨微荷氣涼一寫悄勤意寧用訴華觴

初發揚子寄元大校書

悽悽去親愛泛泛入烟霧歸棹洛陽人殘鐘廣陵樹今朝此為別何處還相遇世事波上舟沿洄安得住

對芳樹

迢迢芳園樹列映清池曲對此傷人心還如故

時緑氣儵灑餘霞露葉承新旭佳人不再攀下
有往来躅

夏日

已謂心苦傷如何日方永無人不晝寢獨坐山
中静悟澹將遣慮學空庶遺境積俗易為侵愁
来復難整

閑齋對雨

幽獨自盈抱陰澹亦連朝空齋對高樹疎雨共
蕭條巢燕翻泥濕蕙花依砌消端居念往事倏
忽若驚飈

春日郊居寄萬年吉少府中孚三原元

少府偉夏侯校書審

谷鳥時一囀田園春雨餘光風動林早高窻照

日初獨飲澗中水吟詠老氏書城闕應多事誰

憶此閑居

秋夜南宮寄灃上二弟及諸生

暝色起烟閣沉抱積離憂況茲風雨夜蕭條梧

葉秋空宇感涼至頹顏驚歲周日夕遊闕下山

水憶同遊

夏景端居即事

北齋有涼氣嘉樹對層城重門永日掩清池夏雲生遇此庭訟簡始聞蟬初鳴逾懷故園慘默默以緘情

義演法師西齋

結茅臨絕岸隔水聞清磬山水曠蕭條登臨散情性稍指緣原騎還尋汲澗徑長嘯倚庭樹悵然川光暝

起度律師同居東齋院

釋子喜相偶幽林俱避喧安居同僧夏清夜諷道言對閣景恒晏步庭陰始繁逍遥無一事松

風入南軒

夕次盱眙縣

落帆逗淮鎮停舫臨孤驛浩浩風起波冥冥日沉夕人歸山郭暗鴈下蘆洲白獨夜憶秦關聽鐘未眠客

寄全椒山中道士

今朝郡齋冷忽念山中客澗底束荆薪歸来煑白石欲持一杯酒遠慰風雨夕落葉滿空山何處尋行跡

神静師院

青苔幽巷徧新林露氣微經聲在深竹高齋獨掩扉憩樹愛嵐嶺聽禽悅朝暉方耽靜中趣自與塵世違

淮上即事寄廣陵親友

前舟已渺渺欲渡誰相待秋山起暮鐘楚雨連滄海風波離思滿宿昔容鬢改獨鳥下東南廣陵何處在

長安遇馮著

客從東方來衣上灞陵雨問客何為來采山曰買斧冥冥花正開颺颺燕新乳昨別今已春鬢

絲生幾縷

暮相思

朝出自不還暮歸花盡後豈無終日會惜此花間月空館忽相思微鐘坐來歇

逢楊開府

少事武皇帝無賴恃恩私身作里中橫家藏亡命兒朝持樗蒲局暮竊東隣姬司隸不敢捕立在白玉墀驪山風雪夜長楊羽獵時一字都不識飲酒肆頑癡武皇昇仙去憔悴被人欺讀書事已晚把筆學題詩兩府始收迹南宫謬見推

非才不容出守撫嫓羨忽逢楊開府論舊涕
俱乗坐客何由識惟有故人知
送李十四山東遊
聖朝有遺逸披膽謁至尊豈是貿榮寵誓將救
元ㄣ權豪非所便書奏寢禁門高歌長安酒忠
憤不可吞欲来客河洛日與静者論濟世翻小
事丹砂駐精魂東遊無復繫梁楚多大藩高論
動侯伯跡懷脫塵喧送君都門野飲我林中樽
立馬望東道白雲滿梁園踟躕欲何贈空是平
生言

送鄭長源

少年一相見飛轡河洛間歡遊不知罷中路忽言還泠泠鵾絃哀悄悄夕夜閑丈夫雖耿介遠別多苦顏君行拜高堂遞駕難攀攀雞鳴儔侶發朔雪滿河關須臾在今夕罇酌且循環

送李儋

別離何從生乃在親愛中反念行路子拂衣自西東日昃不留宴嚴車出崇墉行遊非所樂端憂道未通春野百卉發清川思無窮芳時坐離散世[illegible]

相逢行

二十登漢朝英聲邁今古適從東方来又欲謁

明主猶酣新豐酒尚帶灞陵雨邂逅兩相逢别

来問寒暑寧知白日晚變向花間語忽聞長樂

鐘走馬東西去

柳子厚

田家三首

蓐食徇所務驅牛向東阡雞鳴村巷白夜色歸

暮田札札耒耜聲飛飛來烏鳶竭兹筋力事持

用窮歲年盡輸助徭役聊就空自眠子孫日以

長世世還復然
離落隔烟火農談四鄰夕庭際秋蟲鳴疎麻方
寂歷蠶絲盡輸稅機杼空徛壁里胥夜經過雞
香事延席各言官長峻文字多督責東鄉後租
期車轂陷泥澤公門少推恕鞭扑恣狼籍努力
慎經營肌膚真可惜迎新在此歲唯恐踵前跡
古道饒蒺藜縈回古城曲蓼花被堤岸陂水寒
更淥是時收穫竟落日多樵牧風高榆柳疎霜
重梨棗熟行人迷去住野鳥競棲宿田翁笑相
念昔黑頭原埜今年華少豐無厭饘與粥

覺衰

久知老會至不謂便見侵今年宜未衰稍已来

相尋齒踈鬓就種奔走力不任咄此可奈何未

必傷我心彭聃安在㢴周孔亦已沉古稱壽聖

人曾不畱至今但願浔美酒朋友常共斟是時

春向暮桃李生繁陰日照天正緑杳杳歸鴻吟

出門呼所親扶杖登西林高歌是自快商頌有

遺音

南澗中題

秋氣集南澗獨遊亭午時回風一蕭瑟林影久

參差始至若有得稍深遂忘疲羈禽響幽谷寒
藻舞淪漪去國魂已遊懷人淚空垂孤生易為
感失路少所宜索寞竟何事徘徊祗自知誰為
後來者當與此心期

初秋夜坐贈吴武陵

稍稍雨侵竹翻翻鵲驚叢美人隔湘浦一夕生
秋風積霧杳難極滄波浩無窮相思豈云遠即
席莫與同若人抱奇音朱絃緪枯桐清商激西
顥泛灔凌長空自得本無作天成諒非功希聲
閟大樸聾俗何由聰

晨詣超師院讀禪經

汲井漱寒齒清心拂塵服閒持貝葉書步出東齋讀真源了無取妄跡世所逐遺言兾可冥繕性何由熟道人庭宇靜苔色連深竹日出霧露餘青松如膏沐澹然離言說悟悅心自是

贈江華長老

老僧道機熟默語心皆寂去歲別春陵沿流此投跡室空無侍者巾屨唯掛壁一飯不願餘跏趺便終夕風窓疎竹響露井寒松滴偶地即安居滿庭芳草積

禪室

發地結菁茅團々抱虛白山花落幽戶中有忘機
客涉有本非取照空不待析萬籟俱緣生窅然
喧中寂心境本同如鳥飛無遺跡

中夜起望西園值月上

覺聞繁露墜開戶臨西園寒月上東嶺泠々疎
竹根石泉遠逾響山鳥時一喧倚楹遂至旦寂
寞將何言

秋曉行南谷經荒村

杪秋霜露重晨起行幽谷黃葉覆谿橋荒村唯

古木寒花跡寂歷幽泉微斷續機心久已忘何
事驚麋鹿

谿居

久為簪組累幸此南夷謫閑依農圃鄰偶似山
林客曉耕翻露草夜榜響谿石来往不逢人長
歌楚天碧

夏初雨後尋愚谿

悠悠雨初霽獨繞清谿曲引杖試荒泉解帶圍
新竹沉吟亦何事寂寞固所欲幸此息營營嘯
歌静炎燠

雨後曉行獨至愚谿北池

宿雲散洲渚曉日明村塢高樹臨清池風驚夜來雨予心適無事偶此成賓主

唐詩正音卷之二下

唐詩正音卷之目録

襄城楊士弘編次

七言古詩唐初作者亦少獨王岑崔李較多其餘不過所録者是然其音律沉渾皆足爲法適

得十人共詩八十二首

卷下

劉文房六首　　韋應物四首

柳子厚四首　　王仲初二十一首

張文昌十八首

中唐來作者雖多音律往往不純獨劉長卿近似前諸家韋柳數首亦不可少張籍王建以七言為樂府然聲調亦有可為法者故通得五人共詩五十三首

唐詩正音卷第二上

七言古詩

王摩詰

登樓歌

聊上君兮高樓飛甍鱗次兮在下俯十二兮通

衢綠槐參差兮車馬却瞻兮龍首前眺兮宜春

王畿鬱兮千里山河壯兮咸秦舍人下兮青宮

據胡床兮書空執戟疲於下位老夫好隱兮墻

東亦幸有張伯英草聖兮龍騰亂躍擺長雲兮

捩回風琥珀酒兮彫胡飯君不御兮日將晚秋

風兮吹衣夕鳥兮爭返孤砧發兮東城林薄莫
兮蟬聲遠時不可兮再得君何為兮偃蹇

送友人歸山歌

山宗宗兮無人又蒼蒼兮多木羣龍兮滿朝君何
為兮空谷文寡和兮思深道難知兮行獨悅石
上兮流泉與松間兮草屋入雲中兮養雞上山
頭兮抱犢神與棗兮如瓜虎賣杏兮收穀愧不
才兮妨賢嫌既老兮貪祿誓解印兮相從何詹尹
兮可卜

山中人兮欲歸雲冥冥兮雨霏霏水驚波兮翠

营靡白鷺忽兮翩飛君不可兮褰衣山萬重兮
一雲混天地兮不分樹晻曖兮氛氳䝨不見兮
空聞忽山西兮夕陽見東皐兮遠村平蕪緑兮
千里眇惆悵兮思君

迎神曲

坎坎擊鼓魚山之下吹洞簫望極浦女巫進紛
屢舞陳瑶席湛清酤風凄凄兮夜雨神之来兮
不來使我心兮苦復苦

送神曲

紛進拜兮堂前目眷眷兮瓊筵来不語兮意不

傳作暮雨兮愁空山悲急管思繁絃靈之駕兮

儼欲旋倏雲收兮雨歇山青青兮水潺湲

老將行

少年十五二十時步行奪取胡馬騎射殺陰山

白額虎肯數鄴下黃鬚兒一身轉戰三千里一

劍曾當百萬師漢兵奮迅如霹靂虜騎崩騰畏

蒺藜衛青不敗由天幸李廣無功緣數奇自從

弃置便衰朽世事蹉跎成白首昔時飛箭無全

自今日垂楊生左肘路傍時賣故侯瓜門前學

種先生柳茫茫古木連窮巷遼落寒山對虛牖

誓令疏勒出飛泉不似頴川空使酒賀蘭山下
陣如雲羽檄交馳日夕聞節使三河募年少詔
書五道出將軍試拂鐵衣如雪色聊持寶劍動
星文願得燕弓射天將恥令越甲鳴吾軍莫嫌
舊日雲中守猶堪一戰衒功勳

燕支行

漢家天將才且雄來時謁帝明光宮萬乘親推
雙闕下千官出餞五陵東誓辭甲第金門裏身
作長城玉塞中衛霍才堪一騎將朝廷不數貳
師功趙魏燕韓多勁卒關西俠少何咆哮報讎

只是聞嘗膽飲酒不曾妨刮骨畫戟雕戈白日
寒連[illegible]大旆黄塵没疊鼓遥翻瀚海波鳴笳亂
動天山月麒麟錦帶佩呉鈎颯踏青驪躍紫騮
拔劍已斷天驕臂歸鞍共飲月支頭漢兵大呼
一當百虜騎相看哭且愁教戰雖令赴湯火終
知上将先伐謀

桃源行

漁舟逐水愛山春兩岸桃花夾去津坐看紅樹
不知遠行盡青溪不見人山口潛行始隈隩山
開曠望旋平陸遥看一處攢雲樹近入千家散

花竹樵客初傳漢姓名居人未改秦衣服居人
共住武陵源還從物外起田園月明松下房櫳
靜日出雲中雞犬喧驚聞俗客爭来集競引還
家問鄉邑平明閭巷掃花開薄暮漁樵乘水入
初因避地去人間更聞成仙遂不還峽裏誰知
有人事世中遥望空雲山不疑靈境難聞見塵
心未盡思鄉縣出洞無論隔山水辭家終擬長
游衍自謂經過舊不迷安知峯壑今来變當時
只記入山深青谿幾度到雲林春来徧是桃花
水不辨仙源何處尋

同崔傅答賢弟

洛陽才子姑蘇客桂苑殊非舊鄉陌九江楓樹幾回青一片楊州五湖白楊州時有下江兵蘭陵鎮前吹笛聲夜火人歸富春郭秋風鶴唳石頭城周郎陸弟為儔侶對舞前谿歌白苧曲几書留小吏家草堂碁賭山陰墅衣冠若話外臺臣先數大君席上珍更聞臺閣求三語遙想風流第一人

送崔五太守

長安廐吏來到門朱文露網動行軒黃花縣西

九折坂王樹宮南五丈原褒斜谷中不容幰惟
有白雲當露冕子午山裏杜鵑啼嘉陵水頭行
客飯劍門忽斷蜀川閑萬井雙流滿眼來霧中
逹樹刀州出天際澄江巴字回使君年紀三十
餘少年白皙專城居欲持畫省郎官筆回與臨
邛父老書

夷門歌

七雄〻雌猶未分攻城殺將何紛〻秦兵益圍
邯鄲急魏王不救平原君公子為嬴停駟馬執
轡愈恭意愈下亦為屠肆鼓刀人嬴乃夷門抱

辭者非但慷慨獻良謀意氣兼將身命酬向風
刎頸送公子七十老翁何所求
故人張諲工詩善易卜兼能丹青草隸
頃以詩見贈聊獲荅之
不逐城東游俠兒隱囊紗帽坐彈碁蜀中夫子
時開卦洛下諸生解說詩藥闌花徑衡門裏時
復據梧聊隱几屏風誤點惑孫郎團扇草書輕
內史故園高枕度三春永日垂帷絕四鄰自想
蔡邕今已老更將書籍與何人
龍頊今

長安少年遊俠客夜上戍樓看太白隴頭明月
迥臨關隴上行人夜吹笛關西老將不勝愁駐
馬聽之雙淚流身經大小百餘戰麾下偏裨萬
戶侯蘇武纔爲典屬國節旄空盡海西頭

寒食城東即事

清谿一道穿桃李演漾綠蒲涵白芷谿上人家
凡幾家落花半落東流水蹴踘屢過飛鳥上秋
千競出垂楊裏少年分日作遨遊不用清明兼
上巳

岑參

玉門關蓋将軍歌

蓋将軍真丈夫行年三十執金吾身長七尺頗有鬚玉門關城迥且孤黄沙萬里百草枯南隣犬戎北接胡将軍到來備不虞五千兵甲隣力麄軍中無事但懽娛暖屋繡簾紅地鑪織成壁衣花氍毹燈前侍婢瀉玉壺金鐺亂點野駝酥紫綬金章左右趨問着即是蒼頭奴美人一雙閑且都朱唇翠眉映明眸清歌一曲世所無今日喜聞鳳将雛可憐絶勝秦羅敷使君五馬謾踟躕野草繡窠紫羅襦紅牙鏤馬對樗蒱玉盤

纖手撒作盧衆中誇道不曾輸攄上昂昂皆驚

駒挽花叱撥價最殊騎將獵向城南隅臘日射

殺千年狐我來塞外按邊儲為君取醉酒剩沽

醉爭酒盞相喧呼忽憶咸陽舊酒徒

　與獨孤漸道別長句兼呈嚴八侍御

輪臺客舍春草滿潁陽歸客腸堪斷窮荒絕漠

鳥不飛萬磧千山夢猶懶憐君白面一書生讀

書千卷未成名五侯貴門脚不到數畝山田身

自耕興來浪跡無遠近及至辭家憶鄉信無事

垂鞭信馬頭西南幾欲窮天盡奉使三年獨未

歸邉頭詞客舊来稀借問君来得幾日到家不覺換春衣高齋清晝卷羅幕紗帽接䍦慵不着中酒朝眠日色高彈碁夜半燈花落冰片高堆金錯盤滿堂凜凜五月寒挂林蒲萄新吐蔓武城刺蜜未可餐軍中置酒夜撾鼓錦筵紅燭月未午花門將軍善胡歌葉河蕃王能漢語知尒園林漱渭濱夫人堂上泣羅裙魚龍川北盤谿雨鳥鼠山西洮水雲臺中巖君於我厚別後新詩滿人口自憐弃置天西頭因君為問相思否

衛節度赤驃馬歌

君家赤驃畫不得一團旋風桃花色紅纓紫鞚
珊瑚鞭玉鞍錦韉黄金勒請君鞴出看君騎尾
長窣地如紅絲自矜諸馬皆不及却憶百金初
買時香街紫陌鳳城内滿城見者誰不愛楊鞭
驟急白汗流弄影行驕碧蹄碎紫髯胡雛金翦
刀平明剪出三騣高櫪上看時獨意氣衆中牽
出偏雄豪騎將獵向南山口城南狡兎不復有
草頭一點疾如飛却使蒼鷹翻向後憶昨看君
朝未央鳴珂擁蓋滿路香始知邊將真富貴可
憐人馬相輝光男兒稱意得如此駿馬長鳴北

風起待君東去掃胡塵爲君一日行千里

送費子歸武昌

漢陽歸客悲秋草旅舍葉飛愁不掃秋來倍憶武昌魚夢着只在巴陵道曾隨上將過祁連離家十年恒在邊劍鋒可惜虛用盡馬蹄無事今已穿知君開館恒愛客樗蒲百金每一擲平生有錢將與人江上故園空四壁吾觀費子毛骨奇廣眉大口仍赤鬚看君失路尚如此人生貴賤那得知高秋八月歸南楚之東門一壺聊出祖路指鳳凰山北雲衣露鸚鵡洲邊雨莫嗟蹉跎

白髮新應須守道勿羞貧男兒何心戀妻子莫
向江村老却人

田使君美人如蓮花北鋋歌

美人舞如蓮花旋世人有眼應未見高臺滿地
紅氍毹試舞一曲天下無此曲胡人傳入漢諸
客見之驚且歎嫚臉嬌娥纖復穠輕羅金縷花
葱蘢回裾轉袖若飛雪左鋋右鋋生旋風琵琶
橫笛和未帀花門山頭黃雲合忽作出塞入塞
聲白草胡沙寒颯颯翻身入破如有神前見後
見回回新始知諸曲不可比采蓮落梅徒聒耳

世人學舞只是舞姿態豈能得如此

送魏升卿擢第歸東都因懷魏校書陸
渾喬潭

井上梧桐雨灞亭卷秋風故人適戰勝匹馬歸
山東問君今年三十幾能使香名滿人耳君不
見三峯直上五千仞見君文章亦如此如君兄
弟天下稀雄詞健筆皆若飛將軍金印嚲紫綬
御史鐵冠重繡衣喬生作尉别來久因君為問
平安否魏侯校理復何如前日人來不得書陸
渾山水佳可賞蓬閣閑時日應往自料青雲未

有期誰知白髮偏能長壚頭青絲白玉瓶别時
相顧酒如傾摇鞭舉袂忽不見千樹萬樹空蟬
鳴

送郭乆雜言

地上青草出經冬方始歸慱陵無近信猶未换
春衣憐汝不忍别送汝上酒樓初行莫早發且
宿灞陵頭切名須及早歲月莫虚擲早年已工
詩近日兼註易何時過東洛早晚下盟津朝歌
城邊柳嚲地長安道上花撲人去年四月初我
正在河朔曾上君家縣北樓〻上分明見恒岳

中山明府待君來須言行程及早回到家速覓
長安使待汝書封我自開

輪臺歌奉送封大夫出師西征

輪臺城頭夜吹角輪臺城北旄頭落羽書昨夜
過渠黎單于已在金山西戍樓西望烟塵黑漢
兵屯在輪臺北上將擁旄西出征平明吹笛大
軍行四邊伐鼓雪海湧三軍大呼陰山動虜塞
兵氣連雲屯戰場白骨纏草根劍河風急雲片
闊沙口石凍馬蹄脫亞相勤王甘苦辛誓將報
主靜邊塵古來青史誰不見今見功名勝古人

白雪歌送武判官歸京

北風卷地白草折胡天八月即飛雪忽如一夜
春風来千樹萬樹梨花開散入朱簾濕羅幕狐
裘不暖錦衾薄将軍角弓不得控都護鐵衣冷
難着瀚海闌干千尺冰愁雲慘澹萬里凝中軍
置酒飲歸客胡琴琵琶與羌笛紛〻暮雪下轅
門風掣紅旗凍不翻輪臺東門送君去〻時雪
滿天山路山回路轉不見君雪上空留馬行處

青門歌送東臺張判官

青門金鎖平旦開城頭日出使車回青門柳枝

正堪折路傍一日幾人別東出青門路不窮驛
樓官樹灞陵東花襟征衣看似繡雲隨去馬色
疑驄胡姬酒壚日未午絲繩玉缸酒如乳灞頭
落花沒馬蹄昨夜微雨花成泥黃鸝翅濕飛轉
低關東尺書醉懶題須臾望君不可見揚鞭飛
鞍疾於箭借問使乎何時來莫作東飛百勞西
飛鷰

走馬川行奉送封大夫出師西征

君不見走馬川行雪海邊平沙莽莽黃入天輪
臺九月風夜吼一川碎石大如斗隨風滿地石

颩走匈奴草黃馬正肥金山西見烟塵飛漢家大將西出師將軍金甲夜不脫半夜軍行戈相撥風頭如刀面如割馬毛帶雪汗氣蒸五花連錢旋作冰幕中草檄硯水凝虜騎聞之應膽慴料知短兵不敢接車師西門佇獻捷

太白胡僧歌

聞有胡僧在太白蘭若去天三百尺一持楞伽入中峯世人難見但聞鐘窓邊錫杖解兩虎床下鉢盂藏一龍草衣不針復不線兩耳垂肩眉覆面此僧年紀那得知手種青松今十圍心將

流水同清淨身與浮雲無是非商山老人已曾
識顏一見之何由得山中有僧人不知城裏看
山空黛色

函谷關歌送劉評事使關西

君不見函谷關崩城敗壁至今在樹根草蔓無
古道空谷千年長不改寂寞無人空舊山聖朝
無事不須關白馬公孫何處去青牛老人更不
還蒼苔白骨空消地月與古時長相似野花不
省見行人山鳥何曾識關吏故人方乘使者車
吾知郭丹却不如請君時憶關外客行到關西

多寄書

范公藂竹歌

世人見竹不觧愛知君種竹府庭內此君託根
幸得所種来幾時聞巳大盛夏脩ㄥ藂色寒閑
宵摵ㄥ葉聲乹能清案牘簾下見宜對琴書窓
外看為君成陰將蔽日迸笋穿階踏還出守節
偏凌御史霜虗心願比郎官筆君莫愛南山松
樹枝竹色四時也不移寒天草木黄落盡猶自
青ㄥ君始知

燉煌太守後庭歌

燉煌太守才且賢郡中無事高枕眠太守到來
山出泉黄沙磧裏人種田燉煌耆舊鬢皓然願
留太守更五年城頭月出星滿天曲房置酒張
錦筵美人紅妝色正鮮側垂高髻插金鈿醉坐
藏鉤紅燭前不知鉤在若箇邊為君手把珊瑚
鞭射得半段黄金錢此中樂事亦已偏

西亭子送李司馬

高高亭子郡城西直上千尺與雲齊盤崖緣壁
試攀躋羣山向下飛鳥低使君五馬天半嘶絲
繩玉壺為君提坐來一望無端倪紅花緑柳鶯

亂啼千家萬井連君谿酒行未醉聞莫雞點筆
操紙為君題為君題惜觧攜草萋〻沒馬蹄

胡笳歌送顏真卿使赴河隴

君不聞胡笳聲最悲紫髯碧眼胡兒吹〻之一
曲猶未了愁殺樓蘭征戍兒涼秋八月蕭關道
北風吹斷天山草崑崙山南月欲斜胡人向月
吹胡笳胡笳怨兮將送君秦山遥望隴山雲邊
城夜〻多愁夢向月胡笳誰喜聞

邯鄲客舍歌

客從長安來驅馬邯鄲道傷心叢臺下一旦生

鄲亭客舍門臨漳水邊垂楊下繫釣魚船邯鄲
女兒夜沽酒對客挑燈誇數錢酩酊醉時 正
午一曲長歌壚上眠

喜韓樽相過

三月灞陵春已老故人相逢耐醉倒甕頭春酒
黄花脂祿米只充沽酒資長安城中是年少獨
共韓侯開口笑桃花點地紅斑斑有酒留君且
[redacted]還與君兄弟日攜手世上浮名好是閑

漁父

扁舟滄浪叟心與滄浪清不自道鄉里無人知

原本文作文
英按句旁添
墨今作文恐
不矣

姓名朝從灘上飯暮向蘆中宿歌竟還復歌手
持一竿竹竿頭釣絲長丈餘鼓枻乘流無定居
世人那得識深意此翁取適非取魚

　偃師東與韓撙同詣景雲暉上人即事

山陰老僧解楞伽潁陽歸客遠相過烟深草濕
昨夜雨〻後西風度漕河空山終日塵事少平
郊遠見行人小尚書磧上黃昏鐘別鴐渡頭一
歸鳥

　韋〻員外家花樹歌

今年花似去年好去年人到今年老始知人老

不如花可惜落花君莫掃君家兒弟不可當列
卿御史尚書郎朝回花底恒會客花撲玉缸春
酒香

蜀葵花歌

昨日一花開今日一花開昨日花正好今日花
巳老人生不得恒少年莫惜床頭沽酒錢請君
有錢向酒家君不見蜀葵花

高達夫

燕歌行

漢家烟塵在東北漢將辭家破殘賊男兒本自

重横行天子非常賜顏色摐金伐鼓下榆關旌
旆逶迤碣石間校尉羽書飛瀚海單于獵火照
狼山〻〻川蕭條極邊土胡騎憑陵雜風雨戰士
軍前半死生美人帳下猶歌舞大漠窮秋塞草
腓孤城落日鬭兵稀身當恩遇常輕敵力盡關
山未解圍鐵衣遠戍辛勤久玉筯應啼別離後
小婦城南欲斷腸征人薊北空回首邊庭飄〻
那可度絶域蒼茫無所有殺氣三時作陣雲寒
聲一夜傳刀斗相看白刃血紛〻死節從來豈
顧勳君不見沙場征戰苦至今猶憶李將軍

古大梁行

古城莽蒼饒荊棘駈馬荒城愁殺人魏王宮觀
盡禾黍信陵賓客隨灰塵憶昨雄都舊朝市軒
車照耀歌鐘起軍容帶甲三十萬國步連營五
千里全盛須臾那可論高臺曲池無復存遺墟
但見狐狸跡古地空餘草木根莫天搖落傷懷
抱撫劍悲歌對秋草俠客猶傳朱亥名行人尚
識夷門道白璧黄金萬戶侯寶刀駿馬填山丘
年代凄涼不可問往來惟見水東流

同河南李七少尹畢員外家夜飲時洛

陽告捷遂作春酒歌

故人美酒勝濁醪故人清詞合風騷長歌消酌

惟吾曹高譚正可揮麈毛半醉忽然持蟹螯洛

陽告捷傾前後武侯腰間印如斗郎官無事時

飲酒杯中淥蟻吹轉來甕上飛花拂還有前年

持節將楚兵去年留司在東京今年復拜二千

石盛夏五月西南行彭門劍門蜀山裏昨逢軍

人劫奪我到家但見妻與子賴得飲君春酒數

十杯不然令我愁欲死

別韋參軍

二十解書劍西游長安城舉頭望君門屈指取公卿國風冲融邁三五朝廷禮樂彌寰宇白璧皆言賜近臣布衣不得干明主歸来洛陽無負郭東過梁宋非吾土兎苑為農歲不登雁池垂釣心長苦世人向我同衆人惟君於我最相親且喜百年有交態未嘗一日辭家貧彈棊擊筑白日晚縱酒高歌綠柳春歡娛未盡分散去使我惆悵驚心神丈夫不作兒女別臨岐涕淚霑衣巾

封丘縣

我本漁樵孟諸野一生自是悠々者乍可狂歌
草澤中寧堪作吏風塵下秖言小邑無所為公
門百事皆有期拜迎官長心欲碎鞭撻黎庶令
人悲々来向家問妻子舉家盡笑今如此生事
應須南畝田世情付與東流水夢想舊山安在
哉為銜君命日遲迴乃知梅福徒為尒却憶陶
潜歸去来

寄宿田家

田家老翁住東陂說道平生隱在茲鬢白未曾
記日月山青每到識春時門前種柳深成巷野

谷流泉添入池牛壯日耕十畝地人間常掃一
茅茨客来消酌清樽酒感興平吟才子詩巖際
窟中藏鼴鼠潭邊竹裏隱鸕鷀村稀日落行人
少醉後無心怯路岐今夜只應還寄宿明朝拂
曙與君辭

邯鄲少年行

邯鄲城南游俠子自矜生長邯鄲裏千場縱博
家仍富幾處報讎身不死宅中歌咲日紛紛門
外車馬如雲屯未知肝膽向誰是令人却憶平
原君君不見今人交態薄黃金用盡還踈索以

兹感歎辭舊遊須於時事無所求且與少年飲
美酒往来射獵西山頭

畫馬篇

君侯櫪上驄貌在丹青中馬毛連錢跡鐵色圖
畫光輝驕玉勒馬行不動勢若来權竒蹴踏無
塵埃感兹絶代稱妙手遂令談者不容口騏驎
獨步自可珍駑駘萬疋知何有終未如他櫪上
驄載華轂騁雙飛鳿荷君剪拂與君用一日千
里如旋風

賦得還山吟送沈四山人

還山吟天高日暮寒山深送君還山識君心人
生老大須恣意看君解作一生事山間偃仰無
不至石泉淙〻若風雨桂花松子常滿地賣藥
囊中應有錢還山服藥又長年白雲勸隶杯中
物明月相隨何處眠〻時憶問醒時意夢魂可
以長周旋

行路難

君不見富家翁舊時貧賤誰比數一朝金多結
豪貴百事勝人健如虎子孫成行滿眼前妻能
管絃妾能舞自矜一身忽如此却笑傍人獨愁

君東隣少年安所如席門窮巷出無車有才不肯學干謁何用年〻空讀書

九月九日酬顔少府

簷前白日應可惜籬下黄花為誰有行子迎霜未授衣主人得錢始沽酒蘇秦顦顇人多厭蔡澤棲遲世看醜縱使登高只斷腸不如獨坐空搔首

崔顥

行路難

君不見建章宫中金明枝萬〻長條拂地垂二

月三月花如霰散九重深幽君不見艶彩朝含四
寶宮香風吹入朝雲殿漢家宮女春未闌愛此
芳香朝暮看來看去看心不忘攀折將安鏡臺
上雙〻素手剪不成兩〻紅妝咲相向建章昨
夜起春風一花飛落長信宮長信麗人見花泣
憶此珎樹何嗟及我昔初在昭陽時朝攀暮折
登玉墀只言歲〻長相對不悟今朝遥相思

代閨人荅輕薄少年

妾家近隔鳳凰池粉壁紗窗楊柳垂本期漢代
金吾壻悞嫁長安游俠兒〻家夫壻多輕薄惜

客探丸重然諾平明挾彈入新豐日晚揮鞭出
長樂青絲白馬冶遊園能使行人駐馬看自矜
陌上繁華盛不念閨中花鳥闌花閒陌上春將
晚走馬鬬雞猶未返三時出望無消息一去那
知行近遠桃李花開覆井闌朱樓落日卷簾看
愁來欲奏相思曲抱得秦筝不忍彈

渭城少年行

洛陽二月梨花飛秦地行人初憶歸揚鞭走馬
城南陌朝逢驛使秦川客驛使前日發章臺傳
道長安春早來棠梨宫中燕初至蒲萄館裏花

正開念此使人婦更早三月便逆長安道長安
道上春可憐搖風蕩日曲江邊萬戶樓臺臨渭
水五陵花柳滿秦川
秦川寒食盛繁華遊客春來不到家鬪雞下社
塵初合走馬章臺日未斜章臺帝城稱貴里青
樓日晚歌鐘起貴里豪家白馬驕五陵年少不
相饒雙雙挾彈來金市兩兩鳴鞭上渭橋渭城
壚頭酒新熟金鞍白馬誰家宿可憐錦瑟爭琵
琶玉壺清酒就君家小婦春來不解羞嬌歌一
曲楊柳花

孟門行

黄雀銜黄花翩翩傷蕭隙本擬報君恩如何反彈射金罍美酒滿座春平原愛才多衆賓滿堂盡是忠義士何意得有讒諛人讒言反覆那可道能令君心不自保北園新栽桃李枝根株未固何轉移成陰結實君自取若問傍人那得知

長安道

長安甲第高入雲誰家居住霍將軍日晚朝回擁賓從路傍拜揖何紛紛莫言執手手可熱須臾火盡灰亦滅莫言貧賤那可欺人生富貴自

有時一朝天子賜顏色世事悠々應始知

七夕

長安城中月如練家々此夜持針線仙裙玉珮
空自知天上人間不相見長信深陰夜轉幽玉
階金閣數螢流班姬此夕愁無限河漢三更看
斗牛

鴈門胡人歌

高山代郡東接燕鴈門胡人家近邊解放胡鷹
逐塞鳥能將代馬獵秋田山頭野火寒多燒霧
裏孤峯濕作烟聞道遼西無鬭戰時々醉向酒

家眠

川上女

川上女晚妝鮮日落青渚試輕檝汀長花滿正
迴船莫来浪起風轉緊自言此去横塘近渌江
無伴夜獨行獨行心緒愁無盡

李頎

聽董大彈胡笳聲兼語弄寄房給事

蔡女昔造胡笳聲一彈一十有八拍胡人落淚
向邊草漢使斷腸對歸客古戍蒼蒼烽火寒大
荒陰沉飛雪白先拂商絃後角羽四郊秋葉驚

摵〻董夫子通神明深松竊聽來妖精言遲更
速皆應手將往復旋如有情空山百鳥散還合
萬里浮雲陰且晴嘶酸雛雁失羣夜斷絶胡兒
戀母聲川為靜其波鳥亦罷其鳴烏珠部落家
鄉遠邏娑沙塵哀怨生幽陰變調忽飄洒長風
吹林雨墮瓦迸泉颯〻飛木末野鹿呦〻走堂
下長安城連東掖垣鳳凰池對青瑣門高才脱
略名與利日夕望君抱琴至

放歌行答從弟墨卿

小來好文恥學武世上功名不解取雖沾寸祿

已後時徒欲出身事明主柏梁賦詩不及宴長楸走馬誰相數斂跡俛眉心自甘高歌擊節聲半苦由是蹉跎一老夫養雞牧豕東城隅空歌漢代蕭相國肯事霍家馮子都徒尔當年聲籍籍濫作詞林兩京客故人斗酒安陵橋黃鳥春風洛陽陌吾家令弟才不羈五言破的人共推興来逸氣如濤湧千里長江帰海時別離短景何蕭索佳句相思能間作舉頭遥望魯陽山木葉紛紛向人落

溪歌行

小来脱身攀貴游傾財破産無所憂暮擬經過
石渠署朝将出入銅龍樓結交杜陵輕薄子謂
言可生復可死一沉一浮會有時弃我翻然如
脱屣男兒立身須自强十年閉戸頴水陽業就
功成見明主擊鐘鼎食坐華堂二八蛾眉梳墮
馬美酒清歌曲房下文昌宫中賜錦衣長安陌
上退朝帰五侯賓從莫敢視三省官僚揖者稀
早知今日讀書是悔作從前狂侠兒

古行路難

漢家名臣楊德祖四代五公享茅土父子兄弟

綰銀黄躍馬鳴珂朝建章火浣單衣繡方領茱萸錦帶玉盤囊賓客塡街復滿座片言出口生輝光世人逐勢争奔走瀝膽隳肝惟恐後當時一顧登青雲自謂生死長隨君一朝謝病還鄉里窮巷蓁蓁絶知己秋風落葉閉重門昨日論交竟誰是薄俗嗟嗟難重陳深山麋鹿可為隣魯連所以蹈東海古往今來稱達人

送陳章甫

四月南風大麥黄棗花未落桐葉長青山朝别暮還見嘶馬出門思舊鄉陳侯立身何坦蕩虬

鬚虎眉仍大顙腹中貯書一萬卷不肯低頭在
草莽東門沽酒飲我曹心輕萬事如鴻毛醉臥
不知白日暮有時空望孤雲高長河浪頭連天
黑津吏停舟渡不得鄭國遊人未及家洛陽行
子空歎息聞道故林相識多罷官昨日今如何

送劉十

三十不官亦不娶時人焉識道高下房中惟有
老氏書櫪上空餘少游馬往来嵩華與函秦放
歌一曲前山春西林獨鶴引閑步南澗飛泉清
角巾前年上書不得意歸臥東窗兀然醉諸兄

相繼掌青史第五之名齊驃騎享參擿巢告我
行落日夏雲縱復橫聞道謝安掩口咲知君不
免爲蒼生

送康洽入京進樂府詩

識子十年何不遇只愛懽遊兩京路朝吟左氏
嬌女篇夜誦相如美人賦長安春物舊相宜小
苑蒲萄花滿枝柳色偏濃九華殿鶯聲醉殺五
陵兒曳裾此夜從何所中貴由來盡相許白袷
春衫仙吏贈烏皮隱几郎官與新詩樂府唱堪
愁御妓應傳鳷鵲樓西上雖因長公主終須一

曲武陵集

古從軍行

白首登山望烽火黃昏飲馬傍交河行人刁斗風沙暗公主琵琶幽怨多野雲萬里無城郭雨雪紛紛連大漠胡鴈哀鳴夜夜飛胡兒眼淚雙雙落聞道玉門猶被遮應將性命逐輕車年年戰骨埋荒外空見蒲萄入漢家

愛敬寺古藤歌

古藤池水盤樹根左攫右拏龍虎蹲橫空直上相凌突千葺雖纚若無骨風雷霹靂連黑枝人

言其下藏妖魑空庭落葉乍開合十月苦寒常
倒垂憶昨花飛滿空殿密葉吹香飯僧徧南階
雙桐一百尺相與年〻老霜霰

鮫人歌

鮫人潛織水底居側身上下随游魚輕綃文采
不可識夜〻澄波連月色有時寄宿来城市海
島青冥無極已泣珠報息君莫辭今年相見明
年期始知萬族無不有百尺深泉架戶牖鳥沒
空山誰復望一望雲濤堪白首

従鄉到宮

楚城木葉落夏口青山轉鷓鴣向南時君乘使者傳楓林帶水驛夜火明山縣千里送行人蔡州如眼見江連清漢東逶迤遥望荆雲相蔽虧應問襄陽舊風俗為余騎馬習家池

古意

男兒事長征少小幽燕客賭勝馬蹄下由来輕七尺殺人莫敢前鬚如蝟毛磔黄雲隴底白雲飛未得報恩不得歸遼東小婦年十五慣彈琵琶解歌舞今為羗笛出塞聲使我三軍淚如雨

送劉昱

八月寒葦花秋江浪頭白北風吹五兩誰是潯陽客鸕鷀山頭宿雨晴楊州郭裏暮潮生行人夜宿金陵渚試聽沙邊有鴈聲

王季友

酬李十六岐

鍊丹文武火未成賣藥販屨俱逃名出谷迷行洛陽道乘流醉臥滑臺城〻下故人久離怨一懽適我兩家顏朝飲杖懸沽酒錢莫餐囊有松花餅于何車馬日憧〻李膺門館争登龍千賓揖對若流水五經發難如扣鐘下筆新詩行滿

辟立談古人坐在席間我草堂有白雲知我山
儲無儋石自耕自刈食為天如麋如麖飲野泉
亦知世上公卿貴且養丘中草木年

代賀枝令譽贈沈千運

相逢問姓名亦存別時無子今有孫山上雙松
長不改百家惟有三家村〻南村西車馬道一
宿通舟水浩〻澗中磊〻十里石河上游泥種
桑麥平坡塚墓皆我親淵田主人是舊客舉聲
酸鼻問同年十人七人帰下泉今手如何更此
地迴頭不去淚潸然

觀于舍人壁畫山水

野人宿在山家少朝見此山謂山曉半壁仍棲
嶺上雲開簾欲放湖中鳥獨坐長松是阿誰再
三招手起來遲于公大笑向余說小弟丹青能
尔為

儲光羲

同張侍御宴北樓

令之太守古諸侯出入雙旗乘七旒朝覽十戈
時聽訟暮延賓客復登樓西山漠〻崦嵫邑北
昔宛〻江漢流良宵青争方高會讌張光輝懸

皂蓋魚龍怳惚階墀下雲霧杳冥窗户外水靈
慷慨行泣珠游女飄飄思解珮蒼蒼低月半遥
城落落疎星滿天清不分開襟悲楚奏願言吹
笛退胡兵軒后青丘埋御輪周王白羽掃攙搶
期君武節朝龍闕予亦翺翔歸玉京

薔薇

裊裊長數尋青青不作林一莖獨秀當庭心數
枝分作滿庭陰春日遲遲欲將半庭影離離正
堪玩枝上嬌鶯不畏人葉底飛蛾自相亂秦家
女兒愛芳菲畫眉相伴采葳蕤高處紅鬚欲就

手低邉緑刺已牽衣蒲萄架上朝光消楊柳園中暝鳥飛連袂踏歌從此去風吹香氣逐人歸

新豐主人

新豐主人新酒熟舊客還歸舊堂宿滿酌香含北砌花盈樽色泛南軒竹雲散天高秋月明東家少女解秦箏醉来忘却巴陵道夢中𣈆似洛陽城

孟浩然

高陽池送朱二

昔當襄陽全盛時山公常醉習家池上邉釣女

日相随相成照水競来窺紅波瀲〻夫容發綠
岸毵〻楊柳垂一朝物變人亦非四面荒涼人
住稀意氣豪華何處在空餘草露濕人衣此地
朝来錢行者翻向此中牧征馬征馬兮飛日漸
斜見此空為人所嗟殷勤為訪桃源客余亦歸
来松子家

送王七尉松滋

君不見巫山神女作行雲霏紅沓翠曉氛氲嬋
娟流入襄王夢倏忽還隨零雨分空中飛去復
飛来朝〻暮〻下陽臺愁君此去為仙尉便逐

行雲去不廻

夜歸鹿門歌

山寺鳴鐘晝已昏漁梁渡頭争渡喧人隨沙岸向江村余亦乘舟歸鹿門鹿門月照開烟樹忽到龎公棲隱處巖扉松徑長寂寥惟有幽人自来去

張正言

湖中對酒作

夜坐不厭湖上月晝行不厭湖上山眼前一樽又長滿心中萬事如等閒主人有黍百餘石濁

醺數斗應不惜即今相對不盡懽別後相思復
何益茱萸灣頭歸路賒願君且宿黃翁家嵐光
若此人不醉參差孤負東園花

贈喬林

去年上策不見收今年寄食仍淹留羨君有酒
能便醉羨君無錢能不憂如今五侯不待客羨
君不問五侯宅如今七貴方自尊羨君不過七
貴門丈夫會應有知己世上悠々何足論

常建

張公子行

日出乘釣舟嫋〻乘釣竿涉淇傍荷花驄馬閑
金鞍使君白雲中腰間懸轆轤出門事嫖姚為
君西擊胡〻兵漢騎相馳逐轉戰孤軍海西北
百尺旌竿沉黑雲邊笳落日不堪聞

古意

井底玉冰洞地明琥珀轆轤青絲索仙人騎鳳
披采霞挽上銀瓶照天閣黃金作身雙飛龍口
銜明月噴芙蓉一時渡海望不見曉上青樓十
二重

唐詩正音卷之二下

劉文房

聽笛歌

舊游憐我長沙謫載酒沙頭送遷客天涯望月自霑衣江上何人復吹笛橫笛能令孤客愁淥波淡淡如不流商聲寥亮羽聲苦江天寂歷江楓秋靜聽關山聞一叫三湘月色悲猨嘯又吹楊柳激繁音千里春色傷人心隨風飄向何處落唯見曲盡平湖深明發與君離別後馬上一聲堪白首

望龍山懷道士許法稜
心惆悵望龍山雲之際鳥獨還懸崖絕壁幾千
文綠蘿嫋嫋不可攀龍山高誰能踐靈原中蒼
翠晚嵐烟瀑氷如向人終日遶遶空在眼中有
一人披霓裳誦經山頂餐瓊漿空林閒坐獨焚
香真官列侍儼成行朗入青霄禮玉堂夜掃白
雲眠石床梔花洞裏居人淌桂樹山中住日長
龍山高高遥相望

齊一和尚影堂
一公住世忘世紛暫來復去誰能分身寄虛空

如過客心將生滅是浮雲蕭散浮雲往不還淒
涼遺教歿仍傳舊地愁看雙樹在空堂只是一
鐙懸一鐙長照恒河沙雙樹猶落諸天花天花
寂寂香深戚苔蘚蒼蒼閒虚院昔余精念訪禪
扉常接微言清道機今來寂寞無所得惟共門
人淚滿衣

王昭君歌

自矜嬙艷色不顧丹青人誰知粉繪能相負却
使容華翻誤身上馬辭君嫁驕虜玉顔對人啼
不語北風鴈急浮雲秋萬里獨見黄河流纖腰

不復漢宮寵雙娥長向胡天愁琵琶絃中苦調
多蕭蕭羌笛聲相和誰憐一曲傳樂府能使千
秋傷綺羅

銅雀臺

嬋娟更何日高臺空數層含啼映雙袖不忍看
西陵漳水東流無復来百花輦路為蒼苔青樓
月夜長寂寞碧雲日暮空徘徊君不見鄴中萬
事非昔時古人不在今人悲春風不逐君王去
草色年年舊宮路宮中歌舞已浮雲空指行人
往来處

客舍喜鄭三見寄

客舍逢君未授衣閑門愁見桃花飛遥想故園
今已爾家人應念行人歸寂寞兼楊暎深曲長
安日莫靈臺伯窮巷無人鳥雀閑空庭新雨莓
苔緑此中分與故交疎何華仍回長者車十年
未稱平生意好得辛勤謾讀書

韋應物

長安道

漢家宫殿含雲烟兩宫十里相連延晨霞出没
弄丹闕春雨依微自甘泉春雨依微春尚早長

安貴游愛芳草寶馬橫來下建章香車却轉避
馳道貴游誰㝡貴衞霍世難比何能蒙主恩幸
遇邊塵起帰来甲第拱皇居朱門峩〻臨九衢
中有流蘇合懽之寶帳一百二十鳳凰羅列含
明珠下有錦鋪翠被之粲爛愽山吐香五雲散
嚴人綺閤情飄〻頭上鴛鴦雙翠翹低鬟曳袖
回春雪聚黛一聲愁碧霄山珎海錯弃藩籬烹
犢炰羔如折葵既請列侯封部曲還將金印授
廬兒懽榮若此何所苦但苦白日西南馳

聽鸎曲

東方欲曙花冥〻啼鸎相喚亦可聽乍去乍來
時近遠纔聞南陌又東城忽似上林翻下苑綿
綿蠻〻如有情欲轉不轉意自嬌羞兒夫笛曲
未調前聲後聲不相及秦女學筝指猶澁須臾
風暖朗日暾流音變作百鳥喧誰家嬾婦驚殘
夢何處愁人憶故園伯勞飛過聲跼促戴勝下
時桑田緑不及流鸎日〻啼花間能使萬家春
意閒有時斷續聽不了飛去花枝猶裊〻還棲
碧樹鏁千門春漏方殘一聲曉

鸎銜泥

銜泥鷰聲嘍嘍尾涎涎秋去何所歸春來復相
見豈不解決絶高飛碧雲裏何為地上銜泥塗
銜泥雖賤意有營晝梁朝日巢欲成不見百鳥
畏人林野宿翻遭網羅俎其肉未若銜泥入華
屋鷰銜泥百鳥之智莫與齊

橫塘行

妾家住橫塘夫壻郗家郎玉盤的歷矣白魚湘簟
玲瓏透象床象床可寢魚可食不知郎意何南
北岸上種蓮豈得生池中種槿豈得成丈夫一
去花落樹妾獨長愁心未平

柳子亭

古東門行

漢家三十六將軍東方雷動橫陣雲雞鳴函谷客如霧貌同心異不可數赤丸夜語飛電光徼巡司隸眠如羊當街一叱百吏走馮敬胷中函七首見後側耳潛愜心悸臣破膽皆杜口魏王臥內藏兵符子西掩袂真無辜羌胡轂下一朝起敵國舟中非所擬安陵誰辨削礪工韓國詎明深井里絕臙斷骨那可補萬金寵贈不如土

行路難

飛雪斷道冰成梁侯家熾炭雕玉房蟠龍吐耀
虎喙張熊蹲豹躑爭低昂攢巒叢崿射朱光丹
霞翠霧飄奇香美人四座回鳴璫雪山冰谷晞
太陽星躔奔走不得止奄忽雙燕棲虹梁風臺
露榭生光飾死灰棄置參與商盛時一去貴反
賤桃笙葵扇安可常

漁翁

漁翁夜傍西巖宿曉汲清湘然楚竹煙銷日出
不見人欸乃一聲山水淥迴看天際下中流巖
上無心雲相逐

楊白花

楊白花風吹渡江水坐令宮樹無顏色搖蕩春光千萬里茫茫曉日下長秋哀歌未斷城鴉起

王仲初

北邙行

北邙山頭少閑土盡是洛陽人舊墓舊墓人家歸葬多堆着黄金無置處天涯悠悠葬日促岡坂崎嶇不停轂高張素幙繞銘旌夜唱挽歌山下宿洛陽城北復城東魂車祖馬長相逢車轍廣若長安路蒿草多於松柏樹間[illegible]石漸

稀盡古墳前作羊虎誰家古碑文字滅後人重
取書年月朝朝車馬送葬回還起大宅與高臺

涼州行

涼州四邊沙浩浩漢家無人開舊道邊頭州縣
盡胡兵將軍别築防秋城萬里征人皆已沒年
年旌節發西京多來中國收婦女一半生男爲
漢語蕃人舊日不耕犁相學如今種禾黍驅羊
亦着錦爲衣爲惜氈裘防鬪時養蠶繰繭成匹
帛那將繞帳作旌旗城頭山雞鳴角角洛陽家
家學胡樂

温泉宫行

十月一日天子來青繩御路無塵埃宫前内裏
湯各别每箇白玉芙蓉開朝元閣向山上起城
繞青山龍暖水夜開金殿看星河宫女知更月
明裏武皇得仙王母去山雞晝啼宫中樹温泉
决〻出宫流宫使年〻脩玉樓禁兵去盡無射
獵日西麋鹿登城頭梨園第子偷曲譜頭白人
間教歌舞

鏡聽詞

重〻摩挲嫁時鏡夫壻遠行憑鏡聽回身不遣

别人弃人意丁寧鏡神聖懷中收拾雙錦帶恐
畏街頭見鸞惟嗟〻嚓〻下堂階獨自竈前来
跪拜出門願不聞悲哀身在任郎回未回月明
地上人過盡好語多同皆道来卷帷上床喜不
定與郎裁衣失翻正可中三日得相見重繡鏡
囊磨鏡面

鞦韆詞

長〻絲繩紫復碧嫋〻橫枝高百尺少年女兒
重秋千盤巾結帶分兩邊身輕裙薄易生力雙
手向空如鳥翼下来立地重繫衣復畏斜風高

不得傷人遶上棚　足貴終賭鳴璫鬬自起迴々
若與高樹齊頭上　寶蓋從隨地眼前　爭勝難為
休是路平地看始愁

寒食行

寒食家々出古城　老人看屋少年行　丘隴年々
無舊道　車徒散行入衰草　牧童驅牛下塚頭　晨
有家人来灑掃　遶人無噴水頭祭　還引婦姑望
鄉拜　三日無火燒紙錢　紙錢那得到黃泉　但看
隴上無新土　此中白骨應無主

田家留客

人客少能留我屋客有新漿馬有粟遠行僮僕
應苦飢新婦廚中炊欲熟不嫌田家破門戶蚕
房新泥無風土行人但飯莫畏貧明府上來何
辛苦丁寧回語屋中妻有客勿令兒夜啼雙[illegible]
直西有縣路我教丁男送君去

田家行

男聲欣欣女顏悅人家不怨言語別五月雖熱
麥風清簷頭索索繰車鳴野蠶作繭人不取葉
間撲撲秋蛾生麥收上場絹在軸的知輸得官
家是不望入口復上身且免向城賣黃犢田家

衣食無厚薄不見縣門身即樂

當窗織

歎息復歎息園中有棗行人食貧家女大富家
織翁母隔墻不得力水寒手澁絲脆斷續來續
去心腸爛草蟲促促機下鳴兩日催成一匹半
輸官上頭有零落姑未得衣身不着當窗却羨
青樓娼十指不動衣盈箱

促刺行

促刺復促刺水中無魚山無石少年雖嫁不將
歸頭白猶着父母衣四邊田宅非所有我身不

及逐雞飛出門若有歸死處猛虎當衢向前去
百年不遣踏君門在家誰喚為新婦豈不見他
隣舍娘嫁來長在舅姑傷

行見月

月初生居人見月一月行行一年十二月強
半馬上看圓缺百年懽樂能幾何在家見少行
見多不緣衣食相驅遣此身誰願長奔波篋中
有帛倉有粟豈向天涯走碌碌家人見月望我
歸正是道上思家時

白紵歌

天河澹澹北斗燦宫中烏啼知夜半新縫白紵
舞衣成來遲邀得吳王迎低鬟轉面掩雙袖玉
釵浮動春風生酒多夜長夜未曉月明燈光兩
相照後庭歌聲更窈窕
館娃宫中春日暮荔支木瓜花滿樹城頭烏栖
休擊鼓青娥彈瑟白紵舞夜天燑燑不見星宫
中火照西江明美人醉起無次第墮釵遺珮滿
中庭此時但願可君意迴晝爲宵亦不寐年年
奉君君莫棄

失歡怨

貧女銅釵惜於玉失却來ゝ三日哭嫁時女伴
與作粧頭戴此釵如鳳凰雙杯行酒六親喜我
家新婦宜拜堂鏡中乍無失髻樣初起猶疑在
床上高樓翠鈿飄舞塵明日從頭一遍新

精衛詞

精衛誰教尔填海ゝ邊石子青磊ゝ但得海水
作枯池海中魚龍何所為口穿豈為空銜石山
中草木無全枝朝在樹頭暮海裏飛多羽折時
墮水高山未盡海未平願我身死子還生

射虎行

自去射虎得虎歸官差射虎得虎遲獨行以死
當虎命兩人相獲終不定朝朝暮暮空手回山
下緋茵已成徑遠立不敢汙箭鏃聞死還來分
虎肉惜留猛虎著深山射殺恐畏終身閑

羽林行

長安惡少出名字樓下劫商樓上醉天明下直
明光宮散入五陵松柏中百回殺人身合死赦
書尚有收城功九衢一日消息定鄉吏籍中重
改姓出來依舊屬羽林立在殿前射飛禽

短歌行

人初生日初出上山遲下山疾百年三萬六千朝夜裏分將強半日有歌有舞閒早為昨日健於今日時人家見生男女好不知男女催人老短歌行無樂聲

神樹詞

我家〻西老棠樹須晴即晴雨即雨四時八節上杯盤願神不離神處所男不着丁女在舍事官上下無言語老身長健樹婆婆萬歲千秋作神主

遠將歸

達將啼勝未別離時在家相見熟新婦懶不是
去願車輪遲迴思馬蹄速但令在家相對貧莫
向天涯金繞身

望夫石

望夫處江悠悠化為石不回頭山頭日日風和
雨行人歸来石應語

張文昌

楚宮行

章華宮中九月時桂花未落紅橘垂江頭騎火
照輦首道君王夜從雲夢歸霓旌鳳蓋到雙闕臺

上重々歌吹發千門萬戶開相當燭籠左右列
成行下輦更衣入洞房洞房侍女盡焚香玉階
羅幕微有霜齊言此夕樂未央玉酒湛々盈華
觴絲竹次第鳴中堂巴姬起舞向君王迴身垂
手結明璫願君千年萬年壽朝出射麋夜飲酒

羇旅行

遠客出門行路難停車斂轡在門端荒城無人
雪滿路野火燒橋不得度寒蟲入窟鳥歸巢僮
僕問我誰家去行尋田頭暝未息雙轂長轅礙
荊棘緣岡入澗投田家主人舂米為夜食晨雞

喔喔茅屋傷行人起掃車上霜舊山已別行已
遠身計未成難復返長安陌上相識稀遥望天
門白日晚誰能聽我辛苦行為向君前歌一聲

賈客樂

金陵向西賈客多船中生長樂風波欲發移船
近江口船頭祭神各澆酒停杯共說遠行期入
蜀經蠻誰別離金多衆中為上客夜夜算緡眠
獨遲秋江初月猩猩語孤帆夜發瀟湘渚水工
持檝防暗灘直過山邊及前侶年年逐利西復
東姓名不在縣籍中農夫稅多長辛苦弃業長

為販寶翁

白頭吟

請君膝上琴彈我白頭吟憶昔君前嬌笑語兩情宛轉如縈素宫中為我起高樓更開花池種芳樹春天百草秋始衰弃我不待頭白時羅襦玉珥色未暗今朝已道不相宜揚州青銅作明鏡暗中持照不見影人心回互自無窮眼前好惡那能定君恩已去若再返菖蒲花開月長出

車遥遥

征人遥遥出古城雙輪齊動駟馬鳴山川無

無歸路念君〻長作萬里行野田人稀秋草緑日
暮放馬車中宿鵰鷹將兔在我傷獨唱鄉歌對
僮僕君家大宅鳳城隅年〻道上隨行車願為
玉鑾繫華軾終日有聲在君側門前舊宅久已
拋無由復得君消息　一本宅作轍拋作平

江南曲

江南人家多橘樹吳姬舟上織白苧土地卑濕
饒蟲蛇連木為牌入江住江村亥日長為市落
帆度橋來浦裏青莎覆城竹為屋無井家〻飲
朝水長干午日沽春酒高〻酒旗懸江口娼樓

兩岸懸水柵夜唱竹枝留北客江南風土慣樂

多倏〻處〻盡經過

吴宫怨

吴宫四面秋江水江清露白芙蓉死吴王醉後欲更衣座上美人嬌不起宫中千門復萬戶君恩反覆誰能數君心與妾既不同徒向君前作歌舞莫道淄宫紅實無秋風嫋〻生繁枝姑蘇臺上夕讌罷他人侍寢還獨歸白日在天光在地君今那得長相弃

北邙行

洛陽北門北邙道喪車轔〻入秋草車前齊唱
薤露歌高墳新起白峩〻朝〻暮〻人送葬洛
陽城中人更多千金立碑高百尺終作誰家柱
下石山頭松柏半無主地下白骨多於土寒食
家〻送紙錢烏鳶作窠銜上樹人居朝市未解
愁請君暫向北邙遊

烏啼引

秦烏啼啞〻夜啼長安吏人家吏人得罪囚在
獄傾家賣產將自贖少婦起聽夜啼烏知是官
家有赦書下床心喜不重寐未明上堂賀舅姑

少婦語啼烏汝啼慎勿去借汝庭樹作高巢年
年不令傷爾雛

白苧詞

皎皎白苧白且鮮將作春衣稱少年裁縫長短
不能定自持刀尺向姑前復恐蘭膏汙纖指常
遺傷人收墮珥衣裳着時寒食下還把玉鞭鞭
白馬

各東西

遊人別一東復一西出門相背兩不返惟信東
輪與馬蹄道路悠悠不知處山高海闊誰辛苦

遊遊不定難寄書日〻空尋別時語浮雲上天
雨墮地暫時會合終離異我今與子非一身安
得死生不相弃

古釵歎

古釵墮井無顏色百尺泥中今復得鳳凰宛轉
有古儀欲為首飾不稱時女伴傳看不知主羅
袖拂拭生光輝蘭膏已盡股半折雕文刻樣無
年月雖離井底入匣中不用還與墜時同

促〻詞

促〻復促〻家貧夫婦懽不足今年為人送租

船去年捕魚在江邊家中姑老子復小自執吳
絹輸稅錢家々桑麻滿地黑念君一身空努力
作數牛蹄團々羊角直君身長在應不淂

讌客詞

上客不用顧金羈主人有酒君莫違請君看取
園中花地下漸多枝上稀山頭樹緑不見石谿
水無風晚更碧人々齊醉起舞時誰覺翻衣與
倒幘明朝花盡人已去此地獨行空繞樹

獨虎行

南山北山樹冥々猛虎白日繞林行向晚一身

嘗逆食山中麋鹿盡無聲年年養子在空谷雌
雄上山不相逐谷中近窟有山林長向村家取
黄犢五陵年少不敢射空来林下看行跡

牧童詞

遠牧牛繞村四面禾黍稠陂中飢烏啄牛背令
我不得戲隴頭入陂草多牛散行白犢時向蘆
中鳴隔堤吹葉應同伴還鼓長鞭三四聲牛羊
食草莫相觸官家截尔頭上角

寄衣曲

纖素裁衣獨苦辛遠因回使寄征人官家亦自

寄衣去貴從妾手着君身高堂姑老無侍子不得自到邊城裏殷勤為看初着時征夫身上宜不宜

征婦怨

九月匈奴殺邊將漢軍全沒遼水上萬里無人收白骨家〻城下招魂葬婦人依倚子與夫同居貧賤心亦舒夫死戰場子在腹妾身雖存如晝燭

唐詩正音卷第二下

唐詩正音卷之三目録

襄城楊士弘編次

五言律詩卷上

五言律詩唐初作者雖多選其精純者通得十
四人共詩七十六首

卷下

戎昱一首　　王仲初六首、

張文昌九首

中唐来作五言律者亦盛選其音律近盛唐者

通得十七人共詩五十九首

排律附

沈雲卿二首　　玄宗一首

王摩詰五首　　孟浩然一首

李頎一首　　劉文房三首

王仲初一首　　張文昌一首

唐初作五言排律者非少然首尾音律往往不

純全通得八人共詩十五首

唐詩正音卷之三上

五言律詩

陳伯玉

暉上人獨坐亭

鐘梵經行處香林坐入禪巖亭交雜樹石瀨瀉鳴泉水月心方寂雲霞思獨玄寧知人代裏疲病得攀緣

春日登九華觀

白玉仙臺古丹丘別望遥山川亂雲日樓榭入烟霄鶴舞千年樹虹飛百尺橋還逢赤松子天

路坐相邀

晚次樂鄉縣

故鄉杳無際日暮且孤征川風送舊國道路入
邊城野戍荒烟斷深山古木平如何此時恨噭
〻夜猨鳴

春夜別友人

銀燭吐青烟金樽對綺筵離堂思琴瑟別路繞
山川明月隱高樹長河沒曉天悠〻洛陽去[illegible]
會在何年

度荊門望楚

遥〻去巫峽望〻下章臺巴國山川盡荆門烟
霧開城今蒼野外樹斷白雲隈今日狂歌客誰
知入楚來

杜必簡

和韋承慶過義陽公主山池

逕轉孤峯逼橋危鈌岸妨玉泉移酒味石髓換
粳香綰霧青絲弱牽風紫蔓長猶言宴樂少别
向後池塘

秋夜宴臨津鄭明府宅

行止皆無地招尋獨有君酒中堪累月身外即

浮雲霜臺宵鐘積風清曉漏聞坐攜餘興往還似未離羣

逵崔融

君王行出將書記遠從征祖帳連河闕軍麾動洛城旌旆朝朔氣笳吹夜邊聲坐覺烟塵掃秋風古北平

早春遊望

獨有宦遊人偏驚物候新雲霞出海曙梅柳度江春淑氣催黃鳥晴光轉綠蘋忽聞歌古調歸思欲霑巾

沈雲卿

遊少林寺

長歌游寶地徙倚對珠林鴈塔風霜古龍池歲月深紺園澄夕霽碧殿下秋陰啼路烟霞晚山蟬處處吟

早發平昌島

鮮纜春風後鳴橈曉漲前陽烏出海樹雲鴈下江烟積氣衝長島浮光溢大川不能懷魏闕心賞獨泠然

夜宿七盤嶺

獨遊千里外高臥七盤西山月臨窗近天河入戶低芳春平仲綠清夜子規啼浮客空留聽褒城聞曙雞

被試出塞

十年通大漢萬里出長平寒日生戈劍陰雲拂旆旌飢烏啼舊壘疲馬戀空城辛苦臯蘭北胡塵損漢兵

王摩詰

從岐王過楊氏別業

楊子談經處淮王載酒過興闌啼鳥緩坐久落

花多徑轉迴銀燭林開散玉珂嚴城時未啓前路擁笙歌

同崔員外秋宵寓直

建禮高秋夜承明候曉過九門寒漏徹萬井曙鐘多月迴藏珠斗雲消出絳河更慚衰朽質南陌共鳴珂

早朝

柳暗百花明春深五鳳城ㄥㄥ鵶睥睨曉宫井轆轤聲方朔金門侍班姬玉輦迎仍聞遣方士東海訪蓬瀛

晚春嚴少尹諸公見過

松菊荒三徑圖書共五車烹葵邀上客看竹到貧家雀乳先春草鶯啼過落花自憐黃髮暮一倍惜年華

送東川李使君

萬壑樹參天千山響杜鵑山中一夜雨樹杪百重泉漢女輸賓布巴人訟芋田文翁翻教授不敢倚先賢

送楊長史赴果州

褒斜不容幰之子去何之鳥道一千里猨聲十

二時官橋祭酒客山木女郎祠別後同明月還應聽子知

送友人南歸

萬里春應盡三江鴈亦稀連天漢水廣孤客郢城歸郎國稻苗秀楚人菰米肥懸知倚門望遥識老萊衣

送丘為下第歸江東

憐君不得意況復柳條春為客黄金盡還家白髮新五湖三畝宅萬里一歸人知尔不能薦羞稱獻納臣

終南別業

中歲頗好道晚家南山陲興來每獨往勝事空
自知行到水窮處坐看雲起時偶然值林叟談
咲滯還期

歸嵩山作

清川帶長薄車馬去閑〻流水如有意暮禽相
與還荒城臨古渡落日滿秋山迢遰嵩高下歸
来且閉關

終南山

太乙近天都連山到海隅白雲迴望合青靄入

看無分野中峯變陰晴衆壑殊欲投人處宿隔
水問樵夫

漢江臨泛

楚塞三湘接荆門九派通江流天地外山色有
無中郡邑浮前浦波瀾動遠空襄陽好風日留
醉與山翁

送張道士歸山

先生何處去王屋訪茅君別婦留丹訣駈雞入
白雲人間若剩住天上復離羣當作遼城鶴仙
歌使爾聞

送李判官赴江東

聞道皇華使方隨皁蓋臣封章通左語冠冕化文身樹色分楊子潮聲滿富春遥知辨辟吏恩到泣珠人

送嚴秀才還蜀

寧親為令子似舅即賢甥別路經花縣還鄉入錦城山臨青塞斷江向白雲平獻賦何時至明君憶長卿

送平淡然判官

不識陽關路新從定遠侯黃雲斷春色畫角起

遥愁瀚海經年別交河出塞流澒令外國使知
飲月支頭

送岐州源長史歸

握手一相送心悲安可論秋風正蕭索客散孟
嘗門故騎通槐里長亭下槿原征西舊旌節從
此向河源

山居即事

寂寞掩柴扉蒼茫對夕暉鶴巢松樹遍人訪蓽
門稀嫩竹含新粉紅蓮落故衣渡頭燈火起處
處采菱歸

冬夜書懷

獨坐悲雙鬢空堂欲二更雨中山果落燈下草蟲鳴白髮終難變黄金不可成欲知除老病惟有學無生

觀獵

風勁角弓鳴將軍獵渭城草枯鷹眼疾雪盡馬蹄輕忽過新豐市還歸細柳營回看射鵰處千里暮雲平

賈幼鄰

南州有贈二首

吟字平声用之坡亦然

極浦三春草高樓萬里心楚山晴靄碧湘水暮

流深忽與朝中舊同為澤畔吟停杯試北望還

欲淚霑襟

越井人南去湘川水北流江邊數杯酒海内一

孤舟嶺嶠同仙客京華即舊遊春心將別恨萬

里共悠悠

孫逖

宿雲門寺閣

香閣東山下烟花象外幽懸燈千嶂夕卷幔五

胡秋畫壁餘鴻鴈紗窗宿斗牛更疑天路近夢

與白雲遊

祖詠

題韓少府水亭

梅福幽棲處佳期不忘還鳥啼當戶竹花繞傍
池山水氣侵階冷藤陰覆坐間寧知武陵趣宛
在市朝間

蘇氏別業

別業居幽處到来生隱心南山當戶牖澧水暎
園林竹覆經冬雪庭昏未夕陰寒〻人境外閑
坐聽春禽

留别盧象

朝来已握手宿别更傷心灞水行人渡商山驛路深故情君且足謫宦我難任直道皆如此誰能淚滿襟

江南旅情

楚山不可極歸路但蕭條海色晴看雨江聲夜聽潮劍留南斗近書寄北風遥為報空潭橘無媒寄洛橋

儲光羲

漢陽即事

楚國千里遠孰知方寸違春遊[illegible][illegible]客夕寢貽
無衣江水帶冰綠桃花隨雨飛九歌有深意捐
珮乃言歸

題陸山人樓

暮聲雜初鴈夜色涵早秋獨見海中月照君池
上樓山雲拂高棟天漢入雲流不惜朝光滿其
如千里游

臨江亭

古木蹣寒禽層城帶夕陰梁園多緑樹楚岸盡
楓林山際豈為險江流長自深平生何以恨天

地本無心

詠山泉

山中有流水借問不知名暎地為天色飛空作雨聲轉来深澗滿分出小池平恬澹無人見年年長自清

孟浩然

與諸子登峴山

人事有代謝往来成古今江山留勝跡我輩復登臨水落魚梁淺天寒夢澤深羊公碑尚在讀罷一霑襟

臨洞庭

八月湖水平涵虛混太清氣蒸雲夢澤波撼岳陽城欲濟無舟楫端居恥聖明坐觀垂釣者徒有羨魚情

歸終南山

北闕休上書南山歸弊廬不才明主弃多病故人踈白髮催年老青陽逼歲除永懷愁不寐松月夜窓虛

宿武陽川

川暗夕陽盡孤舟泊岸初嶺猨相叫潭影似

空虛就枕滅明燭扣舷聞夜漁雞鳴問何處人
物似秦餘

宿桐廬江

山暝聽猨愁滄江急夜流風鳴兩岸葉月照一
孤舟建德非吾土維楊憶舊遊還將兩行淚遥
寄海西頭

夜渡湘川

客行貪利涉夜裏渡湘川露氣聞芳杜歌聲識
采蓮榜人投岸火漁子宿潭烟行旅時相問涔
陽何處邊

武陵泛舟

武陵川路狹前棹入花林莫測幽源裏仙家信幾深水迴青嶂合雲度綠溪陰坐聽閑猨嘯彌清塵外心

永嘉浦逢子容

逆旅相逢處江林日暮時衆山遙對酒孤嶼獨題詩廨宇鄰鮫室人烟接島夷鄉園萬餘里失路一相悲

秦中寄遠上人

一丘常欲卧三徑苦無資北土非吾願東林懷

我師黄金然桂盡壯志逐年衰日夕涼風至聞
蟬但益悲

晚春

二月湖水清家〻春鳥鳴林花稀更落徑草踏
還生酒伴來相命開尊共解酲當杯已入手歌
妓莫停聲

赴京途中遇雪

迢遰秦京道蒼茫歲暮天窮陰連晦朔積雪徧山
川落雁迷寒渚飢烏噪野田客愁空竚立不見
有人烟

歲除有懷

迢遰三巴路羇危萬里身亂山殘雪夜孤燭異鄉人漸與骨肉遠轉於僮僕親那堪正漂泊來日歲華新

裵司士見尋

府僚能枉駕家醸復新開落日池上酌清風松下来厨人具雞黍稚子摘楊梅誰道山翁醉猶能騎馬回

梅道士水亭

傲吏非凡吏名流即道流隱居不可見高論莫

能酬水接仙源近山藏鬼谷幽再来迷處所花

下問漁舟

過故人莊

故人具雞黍邀我至田家緑樹村邊合青山郭

外斜開筵面場圃把酒話桑麻待到重陽日還

来就菊花

高達夫

送劉評事充朔方判官賦得征馬嘶

征馬向邊州蕭蕭嘶未休思深應帶别聲斷為

無秋歧路風將遠關山月共愁贈君從此去何

日大刀頭

贈杜二拾遺

傳道招提客詩書自討論佛香時入院僧飯屢過門聽法還應難尋經剩欲飜草玄今已畢此外復何言

岑參

滻水東店送唐子歸嵩陽

野店臨官路重城壓御堤山開灞水北雨過杜陵西歸夢秋能作鄉書醉懶題橋回忽不見征馬尚聞嘶

送張子尉南海

不擇南州尉高堂有老親樓臺重蜃氣邑里雜鮫人海暗三山雨花明五嶺春此鄉多寶玉慎莫厭清貧

送張都尉東歸

白羽綠弓弦年〻只在邊還家劍鋒盡出塞馬蹄穿逐虜西踰海平胡北到天封侯應不遠燕頷豈徒然

送楊州王司馬

君家舊淮水〻上到楊州海樹青官舍江雲黑

郡樓東南隨去鳥人吏待行舟爲鄴吾兄道如
今已白頭

送王七録事赴虢州

早歲即相知嗟君最後時青雲仍未達白髮欲
成絲小店關門道長河華嶽祠弘農民吏待莫
遣馬行遲

送懷州吳别駕

灞上柳枝黄壚頭酒正香春流飲去馬暮雨濕
行裝驛路通函谷州城接大行覃懷人總喜别
駕得王祥

趙少尹南亭送鄭侍御

江亭酒甕香白面繡衣郎砌冷蟲喧坐簾疎月
到床鐘催離思急絃逐醉歌長關樹應皆落隨
君滿路霜

虢宫送河丞市馬

關樹晚蒼〻長安近夕陽回風醒別酒細雨濕
行裝習戰邊塵黑防秋塞草黃知君市駿馬不
是學燕王

高宫谷招鄭鄠

谷口来相訪空齋不見君澗花然暮雨潭樹暖

春雲門徑稀人跡簷峯下鹿羣衣裳與枕席山
靄碧氛氳
晚發五谿
客散巴南地鄉隣劍北天江村片雨外野寺夕
陽邊芋葉藏山徑蘆花閒渚田舟行未可住乘
月且須牽
武威春莫聞宇文判官西使還巳到晉昌
片雨過城頭黄鸝上戍樓塞花飄客淚邊柳掛
鄉愁白髮悲明鏡青春換敝裘君從萬里去聞
巳到瓜州

殷遥

友人山亭

故人從薄宦往往澹清谿鑿牖對山月褰裳拂澗霓遊魚逆水上宿鳥向風栖一見桃花發能令秦漢迷

王灣

江南意

客路青山外行舟渌水前潮平兩岸闊風正一帆懸海日生殘夜江春入舊年鄉書何處達歸鴈洛陽邊

常建

題破山寺

清晨入古寺初日照高林竹徑通幽處禪房花
木深山光悅鳥性潭影空人心萬籟此俱寂惟
聞鐘磬音

泊舟盱眙

泊舟淮水次霜降夕流清夜久潮侵岸天寒月
近城平沙依鴈宿候館聽雞鳴鄉國雲霄外誰
堪羈旅情

唐詩正音卷之三上

唐詩正音卷第三下

皇甫茂政

送韓司直

遊吴還適越来往任風波復送王孫去其如芳草何岸明殘雪在潮滿夕陽多季子留遺廟停舟試一過

途中送權曙二兄

淮海風濤起江關幽思長同悲鵲繞樹獨作鴈隨陽山晚雲和雪汀寒月暎霜由来濯纓處漁父愛滄浪

皇甫孝常

送李中丞歸本道

上將宜今闔雙旌復出秦關河三晉路賓從五原人猳戍雲通海平沙雪度春酬恩看玉劍何處有烟塵

晚至華陰

臘盡促歸心行人及華陰雲霞仙掌出松柏古祠深野渡冰生岸寒川燒隔林温泉看漸近宮樹晚沉沉

嚴正文

酬劉員外見寄

蘇耽佐郡時近出白雲司藥補清羸佚宻吟絶妙醉栁塘春水慢花埠夕陽遲欲識懷君意朝朝訪楫師

李從一

仲夏江陰官舍寄裵明府

萬室邊江次孤城對海安朝霞晴作雨濕氣晚生寒苔色侵衣桁潮痕上井欄顯詩招茂宰思亦欲辭官

送王牧往吉州謁使君叔

細草綠汀洲王孫耐薄遊年華初冠帶文采舊弓裘野渡花爭發春塘水亂流使君憐小阮應念倚門愁

至七里灘作

遷客投千越臨江淚滿衣獨隨流水遠轉覺故人稀萬木迎秋序千峯駐晚暉行舟猶未已惆悵暮潮歸

劉文房

送李中丞

流落征南將曾驅十萬師罷歸無舊業老去戀

明時獨立三邊静輕生一劍知茫々漢江上日暮欲何之

雨中過裴稷巴陵山居

憐君洞庭上白髮向人垂積雨悲幽獨長江對別離牛羊歸故道鳥雀聚寒枝明發遥相望雲山不可知

喜皇甫侍御相訪

荒村帶晚照落葉亂紛々古路無行客空山獨見君野橋經雨斷澗水向田分不為憐同病何人到白雲

穆陵關北逢人歸漁陽

逢君穆陵路疋馬向桑乾楚國蒼山古幽州白日寒城池百戰後耆舊幾家殘處處蓬蒿徧歸人掩淚看

新年作

鄉心新歲切天畔獨潸然老至居人下春歸在客先嶺猨同旦暮江柳共風烟已似長沙傅從今又幾年

尋南溪常道士

一路經行處莓苔見履痕白雲依静渚芳草閉

閑門過雨看松色隨山到水源谿花與禪意相
對亦忘言

松江獨宿

洞庭初下葉孤客不勝愁明月天涯夜青山江
上秋一官成白首萬里寄滄洲久被浮名繫能
無愧海鷗

餘干旅舍

搖落暮天迥青楓霜葉稀孤城向水閉獨鳥背
人飛渡口月初上隣家漁未歸鄉心正欲絕何
處擣寒衣

漂母墓

昔賢懷一飯，兹事已千秋。古墓樵人識，前朝楚水流。渚蘋行客薦，山木杜鵑愁。春草茫茫緑，王孫舊此遊。

韋應物

奉送從兄宰晉陵

東郊暮草歇，千里夏雲生。立馬愁將夕，看山獨送行。依微吳苑樹，迢遞晉陵城。慰此斷行別，邑人多頌聲。

送汾城王主簿

少年初帶印汾上又經過芳草啼時偏情人致
颸多禁鐘春雨細宮樹野烟和相望東橋別微
風起夕波

送榆次林明府

無嗟千里遠亦是宰王畿策馬雨中去逢人關
外稀邑傳榆石在路繞晉山微別思方蕭索新
秋一葉飛

賦得暮雨送李胄

楚江微雨裏建業暮鐘時漠漠帆來重冥冥鳥
去遲海門深不見浦樹遠含滋相送情無限沾

襟比散絲

耿湋

早朝

鐘鼓餘聲裏千官向紫微冒寒人語少乘月燭来稀清漏聞馳道輕霞映瑣闈猶看嘶馬處未啓掖垣扉

酬暢當

詞游滻沮後已是十年餘幾度曾相夢何時定淂書月髙城影盡霜重柳條踈且對尊中酒千般想未如

贈張将軍

寒落軍城暮重行亙煦間鼓鼙縺雨暗士馬過秋閑慣守臨邉䶌曾營海上山劚西舊業在夜夜夢中還

韓君平

題薦福寺衡嶽禅師房

春城乞食還高論此中閑僧臘階前樹禅心江上山跡簾看雪卷深戶暎花關晚送門人去鐘聲杳靄間

題慈恩寺振上人房

披衣聞客至關鎖此時開嘖聲夕陽盡捲簾秋
色來名香連竹徑清梵出花臺身在心無住他
方到幾回

錢仲文

同梁鍠文宴

客到衡門下杯香蕙草時好風能自至明月不
須期秋水鱗荷影清霜脆柳枝微官是何物許
可廢言詩

題隣居齊六司倉

沉冥衆所遺咫尺絶佳期始覺衡門下翛然太

古時雞聲共林巷燭影隔茅茨坐惜年華徑芳

蓀白露滋

送僧自吳遊蜀

随緣忽西去何日返東林世路無期別空門不

住心人烟一飯少山雪獨行深天外猨聲夜惟

聞清梵音

送僧歸日東

上國随緣住来途若夢行浮天滄海遠去世法

舟輕水月通禪觀魚龍聽梵聲誰憐一燈影萬

里眼中明

司空文明

喜外弟盧綸見宿

静夜四無隣荒居舊業貧雨中黄葉樹燈下白頭人以我獨沉久愧君相見頻平生自有分況是霍家親

雲陽館與韓紳宿别

故人江海别幾度隔山川乍見翻疑夢相悲各問年孤燈寒照雨深竹暗浮烟更有明朝恨離杯惜共傳

經廢寶慶寺

黃葉前朝寺無僧寒殿開池晴龜出曝松暝鶴
飛回古砌碑橫草陰廊畫雜苔禪宮亦銷歇塵
世轉堪哀

郎君胄
送彭將軍
雙旌漢飛將萬里獨橫戈春色臨關盡黃雲出
塞多鼓聲悲絶漠烽戍隔長河想到陰山路天
驕已請和

送韋湛判官
[illegible][illegible]情江上重陽古戍前聊同送歸客更此望

鄉關惜別心能醉經秋鬓目斑臨流興不盡惆
悵水雲開

送別　錢起

莫蟬不可聽落葉豈堪聞共是悲秋客那知此
路分荒城背流水遠鴈入寒雲陶令門前菊餘
花可贈君

送張南史

雨餘深巷靜獨酌送殘春車馬雖嫌僻鶯花不
弃貧蟲聲粘戶網鼠跡印牀塵借問山陽會知
今有幾人

李端

茂陵山行陪金部

宿雨朝來歇空山天氣清盤雲雙鶴下隔水一蟬鳴古道黄花落平蕪赤燒生茂陵雖有病猶得伴君行

竇遺直

春日早朝應制

紫殿俯千官春捫應合權御鑪香㷊暖馳道玉聲寒乳燕翻珠綴祥烏集露盤宫花一萬樹不敢舉頭看

戴叔倫

除夜宿石頭驛

旅館誰相問寒燈獨可親一年將盡夜萬里未歸人寥落悲前事支離笑此身愁顏與衰鬢明日又逢春

別友人

擾擾倦行役相逢陳蔡閒如何百年內不見一人閑對酒惜餘景問程愁亂山秋風萬里道又出穆陵關

早行寄朱山人放

山曉旅人去天高秋氣悲明河川上沒芳草露
中衰此別又萬里少年能幾時心知剡谿路聊
且寄前期

江上別張駕

年年五湖上厭見五湖春長醉非關酒多愁不
為貧山川迷道路伊洛暗風塵今日扁舟別俱
為滄海人

戎昱

聞笛

入夜思歸切笛聲清更哀愁人不願聽自到枕

邊来風起塞雲斷夜深関月開平明獨惆悵落

盡一庭梅

王仲初

送人遊塞

初晴天隨絲晚色上春枝城上路分處边頭人

去時停車數行日勸酒問回期亦是茫茫客還

從此別離

邊上送故人

百戰一身在相逢白髮生何時得家信每日筭歸程

走馬登寒隴驅羊入廢城羌歌三兩曲人醉海西營

汴路水驛

晚泊水邊驛柳塘初起風蛙鳴蒲葉下魚入稻花中去舍已云遠問程猶向東近来多怨別不與少年同

汴路即事

千里河烟直青楓夾岸長天涯同此路人語各殊方草市迎江貨津橋稅海商迴看故宫柳憔悴不成行

醉後憶山中人

花開草復秋雲水自悠悠回辞轅無事在生難

免愁遲晴須看月闕健且登樓暗想山中伴如
今盡白頭

南中

天南多鳥聲州縣半無城野市依蠻姓山村逐
水名瘴煙沙上起陰火雨中生獨有求珠客年
年人海行

張文昌

薊北旅思

日日望鄉國空歌白苧詞長因送人處憶得別
家時失意還獨語多愁秖自知客亭門外柳折

盡向南枝

春日留别

遊人欲别離醉後對花枝看却春又晚莫輕年少時臨行記分處廻首是相思各向天涯去重来未有期

望行人

秋風窓下起旅鴈向南飛日〻出門望家〻行客歸無目見邊使空待寄寒衣獨倚青樓暮烟深鳥雀稀

薊北春懷

湘上水雲外别来音信稀日逢過江使却寄在
家衣問路史愁遠逢人空説歸今朝薊城北又
見塞鴻飛

酬韓庶子

西街幽僻處正與懶相宜尋寺獨行遠借書常
送遲家貧無易事身病是閒時宗實誰相問稀
應君自知

宿江店

野店臨江浦門前有橘花停燈待賈客賣酒與
漁家夜靜江水白路廻山月斜閒尋泊船處潮

落見平沙

夜到漁家

漁家在江口潮水入柴扉行客欲投宿主人猶未歸竹深村路遠月出釣船稀遥見尋沙岸春風動草衣

送仁弟戴玄往蘇州

楊柳閶門路悠悠水岸斜乘舟向山寺着屐到漁家夜月紅柑樹秋風白藕花江天詩景好廻日莫令賒

山中贈日南僧

獨向雙峯老松門閉兩涯斷絕上蕉葉掛衲落
藤花甃石新開井穿林自種茶時逢海南客蠻
語問誰家

五言排律附

沈雲卿

酬蘇員外味玄夏晚寓直省中見贈

並命登仙閣通宵直禮闈大官供宿膳侍史護
朝衣卷幔天河入開窓月露微小池殘暑退高
樹早涼歸冠劍無時釋軒車待漏飛明朝題漢
柱三署有光輝

同韋舍人早朝

閶闔連雲起巖廊拂霧開玉珂龍影度珠履鴈
行来長樂宵鐘盡明光曉奏催一經傳舊德五

字擢英材儼若神仙去紛從霄漢回千春奉休
曆分禁喜趨陪

玄宗

早度蒲關

鐘鼓嚴更曙山河野望通鳴鑾下蒲坂飛旆入
秦中地險關逾壯天平鎮尚雄春來津樹合月
落戍樓空馬色分朝景雞聲逐曉風所希常道
泰非復侯繻同

王摩詰

遊感化寺

翡翠香烟合瑠璃寶殿平龍宫連棟宇虎穴傍
簷楹谷静惟松響山深無鳥聲瓊峯當户拆金
澗透林鳴郢路雲端迥秦川雨外晴鴈臣銜果
獻鹿女踏花行抖擻辭貧里歸依宿化城繞籬
生野蕨空館發山櫻香飯青菰米嘉蔬緑芋羹
擔陪清梵末端坐學無生

奉和聖製幸玉霄公主山莊因題石
壁十韻之作應制

碧落風烟外瑶臺道路賒如何連帝苑别自有
仙家比地迴鸞駕緣溪轉翠華洞中開日月窗

裛發雲霞庭養冲天鶴谿留上漢查種田生白
玉泥竈化丹砂谷靜泉逾響山深日易斜御羹
和石髓香飯進胡麻大道今無外長生詎有涯
還瞻九霄上来往五雲車

奉和聖製上巳於望春庭觀禊飲應制

長樂青門外宜春小苑東樓開萬戶上輦過百
花中畫鷁移仙妓金貂列上公清歌邀落日妙
舞向春風渭水明秦甸黄山入漢宮君王来祓
禊灞滻亦朝宗

晚行巴峽

際曉授巴峽餘春憶帝京晴江一女浣朝日衆
雞鳴水國舟中市山橋樹杪行登高萬井出眺
迴二流明人作殊方語鸎爲故國聲賴諳山水
趣稍解別離情

送祕書晁監歸日本

積水不可極安知滄海東九州何處遠萬里若
乘空向國惟看日歸途但信風鰲身映天黑魚
眼射波紅鄉樹扶桑外主人孤島中別離方異
域音信若爲通

孟浩然

登揔持寺塔

半空躋寳塔晴望盡京華竹繞渭川遍山連上苑斜四門開帝宅阡陌俯人家累刦從初地爲童憶聚沙坐覺諸天近空香逐落花

李頎

宿香山寺石樓

夜宿翠微半高樓聞暗泉漁舟帶遠火山磬發孤烟衣拂雲松外門清河漢邊峯巒依枕席丗界接人天靄〻花出霧輝〻星暎川東林曙鸎囀惆悵欲言旋

劉文房

行營酬呂侍御時尚書問罪襄陽軍次漢東境上侍御以舟隣寇賊復有水火迫於征稅詩以見諭

不敢淮南卧来趍漢將營受辭瞻左鉞扶疾拜前旌井稅鶉衣樂壺漿鶴髮迎水歸餘斷岸烽至掩孤城晚日當千騎秋風合五兵孔璋才素健早晚檄書成

自道林寺西入石路至麓山寺過法崇禪師故居

山僧候谷口石路拂莓苔深入泉源去遥從極
杪回香隨青靄散鐘過白雲來野雪空齋掩山
風古殿開桂寒知自發松老問誰栽惆悵湘江
水何人更渡杯

負譴後登千越亭作

天南愁望絶亭上柳條新落日獨啼鳥孤舟何
處人生涯投嶺徼世業陷胡塵江入千峯暮花
連百越春秦臺憐白首楚澤怨青蘋草色迷征
路鶯聲傷逐臣獨醒翻引矣直道不容身得罪
風霜苦全生天地仁青山數行淚滄海一窮鱗

牢落機心盡空憐鷗鳥親

王仲初

杜中丞書院新移小竹

此地本無竹遠從山寺移經年求養法隔日記

澆時嫩緑卷新葉殘黄依故枝色經寒不動声

與静相宜愛護出常數稀稠當自知貧家縁未

有客散獨行遲

張文昌

新成甲仗樓

謝氏起高樓西臨城上頭圖功百尺麗藏器五

兵偹結樓櫓巖扃啓戶牖幽魚龍卷旗幟霏
雪積戈矛暑雨歇蒸隔涼風宴位留地高形遠
出山靜氣清優睥睨斜光徹闌干宿霧浮芊芊
秔稻色脉脉苑谿流郡化王丞相詩成沈隱侯
居兹良得景殊勝峴山遊

唐詩正音卷第三下

唐詩正音卷之四目録

襄城楊士弘編次

七言律詩卷上

唐初作七言律詩者極少諸家不過所録者是
然其音律純厚自然可去通得九人共詩二十

劉夢淂二首

中唐來作者漸盛然音律亦漸微選其近盛唐者通得十七人共詩五十八首

卷下

李義山十首　許用晦十首

晚唐來作者愈盛而音律愈降獨許渾李商隱對偶精密有可法者二人共詩二十首

排律附

王仲初二首

七言排律唐人作者不多見獨王建集中有二

首取之以備一體

唐詩正音卷之四上

七言律詩

蘇廷碩

奉和春日幸望春宮應制

東望春〻可憐更逢晴日柳含烟宮中下見南山盡城上平臨北斗懸細草偏承回輦處飛花故落舞觴前宸游對此懽無極鳥哢歌聲雜管絃

王摩詰

和賈舍人早朝大明宮

絳幘雞人送曉籌尚衣方進翠雲裘九天閶闔

開宮殿萬國衣冠拜冕旒日色纔臨仙掌動香
烟欲傍袞龍浮朝罷須裁五色詔珮聲歸到鳳
池頭

奉和　聖製從蓬萊向興慶閣道中留
春望之作

渭水自縈秦塞曲黄山舊繞漢宮斜鑾輿迥出
千門柳閣道迴看上苑花雲裏帝城雙鳳闕雨
中春樹萬人家為乘陽氣行時令不是宸游重
物華

勑借岐王九成宫避暑

帝子遠辭丹鳳闕天書遥借翠微宫隔窓雲霧
生衣上卷幔山泉入鏡中林下水聲喧語咲巖
前樹色隱房櫳仙家未必能勝此何處吹簫向
碧空

和大常韋主簿五郎寓目

漢主離宫接露臺秦川一半夕陽開青山盡是
朱旗繞碧澗翻從玉殿来新豐樹裏行人度小
苑城邊獵騎回聞道甘泉能獻賦懸知獨有子
雲才

積雨輞川莊上

積雨空林煙火遲蒸藜炊黍餉東菑漠漠水田
飛白鷺陰陰夏木囀黃鸝山中習靜觀朝槿松
下清齋折露葵野老與人爭席罷海鷗何事更
相疑

酬郭給事

洞門高閣靄餘輝桃李陰陰柳絮飛禁裏疎鐘
官舍晚省中啼鳥吏人稀晨搖玉珮趨金殿夕
奉天書拜瑣闈強欲從君無那老將因臥病解
朝衣

送楊少府貶柳州

明到衡山與洞庭若為秋月聽猨聲愁看北渚
三湘遠惡說南風五兩輕青草瘴時過夏口白
頭浪裏見湓城長沙不久留才子賈誼何須弔
屈平

酌酒與裴迪

酌酒與君〻自寬人情翻覆似波瀾白首相知
猶按劍朱門先達笑彈冠草色全經細雨濕花
枝欲動春風寒世事浮雲何足問不如高卧且
加餐

春日與裴迪過新昌里訪呂逸人不遇

椷潺面〻少風塵校市南頭訪隱淪至門不敢
題凡鳥看竹何須問主人城外青山如屋裏東
家流水入西隣閉戶著書多歲月種松皆作老
龍鱗

賈幼隣

早朝大明宮

銀燭朝天紫陌長禁城春色曉蒼〻千條弱柳
垂青瑣百囀流鶯繞建章劍珮聲隨玉墀步衣
冠身惹御爐香共沐恩波鳳池裏朝〻染翰侍
君王

孟浩然

登安陽城樓

縣城南面漢江流江嶂開成南雍州才子乘春来騁望羣公暇日坐消憂樓臺晚映青山郭羅綺晴驕渌水洲向夕波揺明月動更疑神女美珠遊

崔顥

黄鶴樓

昔人已乘白雲去此地空餘黄鶴樓黄鶴一去不復返白雲千載空悠悠晴川歷歷漢陽樹芳

草萋〻鸚鵡洲日暮鄉關何處是烟波江上使
人愁

行經華陰

岧嶤大華俯咸京天外三峯削不成武帝祠前
雲欲散仙人掌上雨初晴河山北枕秦關險驛
路西連漢畤平借問路傍名利客無如此處學
長生

崔曙

九日登仙臺呈劉明府

漢文皇帝有高臺此日登臨曙色開三晉雲山

皆北向二陵風雨自東來關門令尹誰能識河
上仙翁去不回且欲近尋彭澤宰陶然共醉菊
花杯

高達夫

送王李二少府貶潭峽

嗟君此别意何如駐馬銜杯問謫居巫峽啼猨
數行淚衡陽歸鴈幾封書青楓江上秋天遠白
帝城邊古木踈聖代只今多雨露暫時分手莫
躊躇

送前衛縣李寀少府

黄鳥翩翩楊柳垂春風送客使人悲怨別自驚
千里外論交却憶十年時雲開汶水孤帆遠路
繞梁山疋馬遲此地從来可乗興留君不住益
悽其

岑參

和賈至早朝

雞鳴紫陌曙光寒鶯囀皇州春色闌金闕曉鐘
開萬户玉階仙仗擁千官花迎劍珮星初落柳
拂旌旗露未乾獨有鳳凰池上客陽春一曲和
皆難

和祠部王員外雪後早朝即事

長安雪後似春歸積素凝華連曙輝色借玉珂
迷曉騎光添銀燭晃朝衣西山落月臨天仗北
闕晴雲捧禁闈聞道仙郎歌白雪由来此曲和
人稀

使君席夜送嚴河南赴長水

嬌歌急管雜青絲銀燭金杯映翠眉使君地主
能相送河尹天明坐莫辭春城月出人皆醉野
戍花深馬去遲寄聲報尒山翁道今日河南勝
昔時

暮春虢州東亭送李司馬歸扶風別廬

柳嚲鶯嬌花復殷紅亭綠酒送君還到來函谷愁中月歸去磻溪夢裏山簾前春色應須惜世上浮名好是閑西望鄉園腸欲斷對君衫袖淚痕斑

赴嘉州過城固縣尋永安超禪師房

滿寺枇杷冬着花老僧相見具袈裟漢王城北雪初霽韓信壇西日欲斜門外不須催五馬林中且聽演三車豈料巴川多勝事為君書此報京華

李頎

寄司勳盧員外

流澌臘月下河陽，草色新年發建章。秦地立春傳太史，漢宮題柱憶仙郎。歸鴻欲度千門雪，侍女新添五夜香。早晚薦雄文似者，故人今已賦長楊。

送魏萬之京

朝聞遊子唱離歌，昨夜微霜初度河。鴻鴈不堪愁裏聽，雲山況是客中過。關城曙色催寒近，御苑砧聲向晚多。莫是長安行樂處，空令歲月易

蹉跎

題濬公山池

遠公遁跡廬山岑開山幽居祇樹林片石孤峯窺色相清池白石照禪心指揮如意天花落坐卧閑房春草深此外俗塵都不染惟餘玄度得相尋

宿瑩公禪房聞梵

花宫仙梵遠微々月隱髙城鐘漏稀夜動霜林驚落葉曉聞天籟發清機蕭條已入寒空靜颯沓仍隨秋雨飛始覺浮生無住着頓令心地欲

崹依

唐詩正音卷第四上

唐詩正音巻第四中

皇甫茂政

秋日東郊

閑看秋水心無事坐對寒松手自栽廬嶽高僧
留偈别茅山道士寄書来燕知社日辞巢去菊
為重陽冒雨開淺薄将何稱獻納臨岐終日獨
褰衣

同温丹徒登高萬歲樓

高樓獨上思依〻極浦遥山合翠微江客不堪
頻北望塞鴻何事復南飛丹陽古渡寒烟積底

步空洲遠極稀聞道王師猶轉戰誰能談笑解
重圍

皇甫孝常

早朝日寄所知

長安雪後見啼鴻紫禁朝天拜舞同曙色漸分
双闕下漏聲遥在百花中鑪烟乍起開僊仗玉
珮成行引上公共荷發生同雨露不應黄葉久
隨風

秋夕寄懷契上人

已見槿花朝委露獨悲孤鶴在人羣真僧出世

心無事靜夜名香手自焚窗臨絶澗同流水客
至孤峯掃白雲更想清晨誦經處獨看松上雪
紛紛

嚴正文

送薛居士和州讀書

孤雲獨鶴共悠悠萬卷經書一葉舟楚地巢城
民舍少烟村社樹鷺湖秋蒿萊織妾晨炊黍隅
地畊童夕放牛年少不應辭苦節諸生喜遇一
封侯

李從一

蘇臺至望亭驛人家盡空悵然有作寄

從弟紆

南浦菰蒲覆白蘋東吴黎庶逐黄巾野棠自發空流水江鷰初歸不見人遶樹依々如送客平田渺々獨傷春那堪回首長洲苑烽火年々報虜塵

早秋京口贈張侍御

移家避寇逐行舟厭見南徐江水流吴地征徭非舊日秣陵凋敝不宜秋千家閉戸無砧杵七夕何人望斗牛秪有同時驄馬客偏題尺牘問

窮愁

與從弟兵曹宴集

竹窗幽戶有佳期羨酒香茶慰所思嗣輔外甥還鮮易惠連羣從捴能詩簷前花落春深後谷口鸎啼日暮時去路㡳家仍待月乘轍不控馬行遲

暮春宜陽郡齋愁生忽聞杜劉七侍御

詩曰以酬答

子規夜夜啼櫧葉遠道逢春半是愁芳草伴人還易老落花隨水亦東流山當日晛晛常多雨地

接瀟湘畏及秋惟羨君爲周柱史手持黄紙到
滄洲
劉文房
獻南平王
建牙吹角不聞喧亂世登壇衆所尊家散萬金
酬士死身持一劍荅君恩漁陽老將多回席楚
國諸生半在門白馬翩翩春草細郤陵西去獵
平原
送陸澧倉曹西上
長安此去欲何依先達誰當薦陸機日下鳳

雙闕迥雪中人去二陵稀舟泛故里難移棹家
在寒塘獨掩扉臨水自傷流落久贈君空有淚
沾衣

謫官後卧病官舍簡賀蘭侍御

青春衣繡共稱宜白首垂絲恨不違江上幾回
今夜月鏡中無復少年時生還北闕誰將引老
向南方衆所悲歲歲任他芳草緑長沙未有定
歸期

送皇甫曾赴上都

東遊久與故人違西去荒凉舊路微秋草不主

三逕處行人獨向五陵歸心日逐如流水回首川長共落暉楚客豈勞傷此别滄江欲暮自沾衣

別嚴士元

春風倚棹闔閭城水國春寒陰復晴細雨濕衣看不見閑花落地聽無聲日斜江上孤帆影草緑湖南萬里情東道若逢相識問青袍今已誤儒生

三月李明府後庭泛舟

江南風景復如何聞道新庭更欲過處處紛

春浦綠萋萋藉草遶山多壺觴須就陶彭澤時
俗猶傳晉永和更待持橈隨轉去微風落日水
增波

賦得

鷰啼鶯語報新年馬色龍飛路幾千家住層城
臨漢苑心隨明月到胡天機中錦字論長恨樓
上花枝笑獨眠為問元戎竇車騎何時反旆勒
燕然

送柳使君赴袁州

宜陽出守新恩至京口因家始願違五柳閑門

高士去三苗按節逺人歸月明江路聞猨斷花暗山城見吏稀惟有郡齋窗裏岫朝〻長對謝玄暉

送李録事兄歸襄陽

十年多難與君同幾處移家逐轉蓬白首相逢征戰後青春已過亂離中行人杳〻看西月歸馬蕭〻向北風漢水楚雲千萬里天涯此別恨無窮

送馬秀才落第歸江南

南客懷歸鄉夢頻東門悵別柳條新殷勤斗酒

城陰暮蕩漾孤舟楚水春湘竹舊斑思帝子江蘺初緑怨騷人憐君此去未得意陌上愁看淚漏巾

次安陸寄友人

新年草色遠萋萋久客將歸失路蹊莫雨不知涓口處春風只到穆陵西孤城盡日空花落三戶無人但鳥啼君在江南相憶否門前五柳幾枝低

青谿口送人歸岳州

洞庭可處雁南飛江菼蒼蒼客去稀帆帶夕陽

千里没天連秋水一人帰黄花裛露開江岸白
鳥銜魚上釣磯岐路相逢無可贈老来空有淚
沾衣

自夏口至鸚鵡洲望岳陽寄阮中丞

汀洲無浪復無烟楚客相思益渺然漢口夕陽
斜度鳥洞庭秋水遠連天孤城背嶺寒吹角獨
戍臨江夜泊船賈誼上書憂漢室長沙謫去古
今憐

登餘干城

孤城上與白雲齊萬古蕭條楚水西官舍已空

秋草没女墻猶在夜烏啼平沙渺〻迷人遠落日亭〻向客低飛鳥不知陵谷變朝来莫去弋陽溪

過賈誼宅

三年謫宦此棲遲萬里惟留楚客悲秋草獨尋人去後寒林空見日斜時漢文有道恩猶薄湘水無情吊豈知宋〻江山揺落處憐君何事到天涯

盧允言

長安春望

東風吹雨過青山却望千門草色閒家在夢中
何日到春来江上幾人還川原繚繞浮雲外宮
闕參差落照閒誰念為儒逢世難獨將衰鬢客
秦關

長安秋夜即事

九重深鎖禁城秋月過南宮漸映樓紫陌夜深
槐露滴碧空雲盡火星流清風刻漏傳三殿甲
第歌鐘樂五侯楚客病来鄉思苦寂寥燈下不
勝愁

晚次鄂州

雲開遠見漢陽城猶是孤帆一日程估客晝眠
知浪靜舟人夜語覺潮生三湘愁鬢逢秋色萬
里歸心對月明舊業已隨征戰盡更堪江上鼓
鼙聲

酬李端野寺病居寄

野寺昏鐘山三陰亂藤高竹水聲深田夫就餉
還依草野雉驚飛不過林齋沐暫思同靜室清
羸已覺助禪心寂寞日長誰問疾料君惟取古
方尋

酬暢當尋嵩岳林道士

聞逐樵夫閑看碁忽逢人世是秦時開雲種玉
嫌山淺渡海傳書怪鶴遲陰洞石幢微有字古
壇松樹半無枝煩君遠示青囊籙願得相從一
問師

早春歸盩厔舊居寄耿湋

野日初晴麥隴分竹園村巷鹿成羣萬家廢井
生秋草一樹繁花對古墳引水忽驚冰滿澗向
田空見石和雲可憐荒歲青山下惟有松枝可
贈君

韓君平

同題仙游觀

仙臺初見五城樓風物淒〻宿雨收山色遥連秦樹晚砧聲近報漢宫秋踈松影落空壇静細草春香小洞幽何用别尋方外去人間亦自有丹丘

送長沙李少府入蜀

行〻獨出故關遲南望千山無盡期見舞巴童應暫笑聞歌蜀道又堪悲孤城晚閉清江上兀馬寒嘶白露時别後此心君自見山中何事不相思

送客歸江州

東歸復得采真遊江水迎君日夜流客舍不離青雀舫人家多住白鷗洲風吹山帶遥知雨露濕荷裳已報秋聞道泉明居止近籃輿相訪可淹留

耿湋

送友人遊江南

遠別悠悠白髮新江潭何處是通津潮聲偏懼初来客海味惟甘久住人漠漠煙光漁浦晚青青草色空山春汀洲更有南回鴈亂起聯翩北

向秦

錢仲文

和李員外扈蹕温泉宮

未央月曉度疎鐘鳳輦時巡出九重雪霽山門迎瑞日雲開水殿候飛龍輕寒不入宮中樹佳氣常浮仗外峯遥羨枚臯扈仙蹕偏承霄漢渥恩濃

贈闕下裴舍人

二月黄鸝飛上林春城紫禁曉陰陰長樂鐘聲花外盡龍池柳色雨中深陽和不散窮途恨霄

漢常懸捧日心 戲賦十年猶未遇休將短髮[illegible]

華簪

山中酬楊補闕見過

日暖風恬種藥時紅泉翠壁薜蘿垂幽谿鹿過苔還靜深樹雲來鳥不知青草同心多逸興春山載酒遠相隨却慚身外牽纓冕未免杯前倒接䍦

幽居春暮書懷

自哂鄙夫多野興貧居數畝半臨湍谿雲雜頭來茅屋山鳥將雛傍藥欄仙籙消床閑不厭陰

芹在篋老羞看更憐童子宜春服花裏尋師到
杏壇

郎君胄

寄韋司直

聞君感歎二毛初舊友相依萬里餘烽戍有時
驚暫定甲兵無處可安居客来吴地星霜久家
在平陵音信踈昨夜東風還入户登山臨水復
何如

贈王季友秋夜宿露臺見寄

石林精舍虎谿中夜扣禪扉意遠公月在上方

諸品淨心持半法萬緣空寂若吾道行應術落
木寒泉聽不窮更憶雙峯家高項此心期與故
人同

司空文明

酬張芬赦後見寄

紫鳳朝啣五色書陽春忽布網羅除已將心變
寒灰後豈料光生腐草餘建水風烟收客淚杜
陵花竹夢郊居勞君故有詩相贈欲報瓊瑤愧
不如

酬李端見贈

綠槐垂穗乳烏飛忽憶山中獨未歸青鏡流年看鬢變白雲芳草與心違乍逢酒客春游慣久別林僧夜坐稀昨日聞君到城郭莫將簪弁勝荷衣

南原望漢宫

荒原空有漢宫名衰草茫茫雉堞平連鴈下時秋水在行人過盡莫烟生西陵歌吹何年絶南陌登臨此日情故事悠悠不可問寒禽野水自縱横

李端

夜投豐德寺謁海上人

半夜中峯有磬聲偶尋樵者問山名上方月曉聞僧語下界林疎見客行野鶴巢邊松最老毒龍潛處水偏清願得遠公知姓字焚香洗鉢過餘生

宿淮浦寄司空曙

愁心一倍長離憂夜思千重戀舊遊秦地故人成遠夢楚天涼雨在孤舟諸谿近海潮皆應獨樹邊淮葉盡流別恨轉深何處寫前程惟有一登樓

竇遺直

夏夜宿表兄宅話舊

夜合花開香滿庭夜深微雨醉初醒遠書珍重何曾達舊事淒涼不可聽去日兒童皆老大昔年親友半凋零明朝又是孤舟別愁見河橋酒幔青

柳子厚

登柳州城樓寄漳汀封連四州

城上高樓接大荒海天愁思正茫茫驚風亂颭芙蓉水密雨斜侵薜荔墻嶺樹重遮千里月江

流曲似九回腸共来百越文身地猶自音書滯
一鄉

別舍弟宗一

零落殘䰟倍黯然雙垂別淚越江邊一身去國
六千里萬死投荒十二年桂嶺瘴來雲似墨洞
庭春盡水如天欲知此後相思夢長在荊門郢
樹烟

王仲初

早春五門西望

百官朝下五門西塵起春風過御堤黄帕蓋鞍

呈了馬紅羅纏項鬭回雞舘柗枝重墻頭出槊
柳條長水面齊惟有教坊南草色古城陰處冷
萋萋

周家谿亭

少年因病離天仗乞得歸來自養身買斷竹谿
無別主散分泉石與新隣山頭麂下長鶩大池
面魚游不怕人鄉使到門常款語還聞世上有
功臣

張文昌

寒食内宴

城闕沉沉向曉寒恩當令節賜餘懽瑞烟入處
開三殿香雨微時引百官寶樹樓前分繡幕綵
花廊下暎華欄宮莚戲樂年年別已得三回對
御看

送楊少府赴鳳翔

詩名往日動長安首首人家卷裏看西學已行
秦博士南宮新拜莫郎官得錢秖擬還書鋪借
宅常時事藥欄今去岐州生計薄移居偏近隴
頭寒

送韓侍御歸山

聞君久卧在雲間爲佐嫖姚未得還新結茅廬招隱逸獨騎驄馬入深山九靈洞口行應到五粒松枝醉亦攀明日珂聲出城去家僮不復掃柴關

送汀州元使君

曾成趍北埽朝計曰拜王門寵好官爲郡暫辭雙鳳闕全家遠過九龍灘山鄉秖有輸蕉户水鎮應多養鴨欄地僻尋常来客少刺桐花發共誰看

寄和州劉使君

別離已久猶為郡閑向春風倒酒缾送客特過
沙口堰看花多上水心亭曉来江氣連城白雨
後山光滿郭青到此詩情應更遠醉中高詠有
誰聽

寄陸渾趙明府

與君學省同官處常日相隨説道情新作陸渾
山縣長早知三禮甲科名郭中時有仙人住城
上應多藥草生公事稀踈来客少何妨着屐獨
閑行

劉夢得

西塞懷古

王濬樓船下益州，金陵王氣漠然收。千尋鐵鎖沉江底，一片降旗出石頭。人世幾回傷往事，山形依舊枕寒流。今逢四海為家日，故壘蕭蕭蘆荻秋。

松滋渡望峽中

渡頭輕雨洒寒梅，雲際溶溶雪水來。夢渚草長[illegible]望，夷陵土黑有秦灰。巴人淚應猨聲落，蜀客船從鳥道回。十二碧峯何處所，永安宮外是荒臺。

唐詩正音卷第四下

李義山 李商隱字義山

錦瑟

錦瑟無端五十絃一絃一柱思華年莊生曉夢迷胡蝶望帝春心託杜鵑滄海月明珠有淚藍田日暖玉生烟此情可待成追憶只是當時已惘然

茂陵

漢家天馬出蒲梢首蓿榴花徧近郊内苑只知銜鳳觜屬車無復插雞翹玉桃偷得憐方朔金

屋粧成貯阿嬌誰料蘇卿老歸國茂陵松柏雨
蕭〻

馬嵬　三体七言

海外徒聞更九州他生未卜此生休空聞虎旅
鳴宵柝無復雞人報曉籌此日六軍同駐馬當
時七夕咲牽牛如何四紀為天子不及盧家有
莫愁

籌筆驛

魚鳥猶疑畏簡書風雲長為護儲胥徒令上將
揮神筆終見降王走傳車管樂有才終不忝關

張無命欲何如他年錦里經祠廟梁甫吟成恨有餘

隋宫

紫泉宫殿鎖烟霞欲取蕪城作帝家玉璽不緣歸日角錦帆應是到天涯于今腐草無螢火終古垂楊有莫鴉地下若逢陳後主豈宜重問後庭花

碧城

碧城十二曲闌干犀辟塵埃玉辟寒閬苑有書多附鶴女牆無樹不棲鸞星沉海底當囪見雨

過河源隔坐看若是曉珠明又定一生長對水晶盤

重過聖女祠

白石巖扉碧蘚滋上清淪謫得歸遲一春夢雨常飄瓦盡日靈風不滿旗萼綠花來無定所杜蘭香去未移時玉郎會此通仙籍憶向天涯問紫芝

九成宫

十二層城閬苑西平時避暑拂虹蜺雲隨夏后雙龍尾風逐周王八馬蹄吳岳曉光連翠巘甘

泉晚景上丹梯荔支盧橘沾恩幸鸞鵲天書濕
紫泥

促漏

促漏遥鐘動静聞報章重疊香難分舞鸞鏡匣
收殘黛睡鴨香爐換夕熏歸去豈知還向月夢
来何處更為雲南塘漸暖蒲堪結兩〻鴛鴦護
水紋

重有感

玉帳牙旗淂上游安危須共主君憂竇融表已
来關右陶侃軍宜次石頭豈有蛟龍曾失水更

無鷹隼與高秋晝號夜泣兼幽顯早晚星關雪
涕收

許用晦

登洛陽故城

禾黍離〻半野蒿昔人城此豈知勞水聲東去
市朝變山勢北來宮殿高鵶噪暮雲歸古堞鴈
迷寒雨下空壕可憐緱嶺登仙子猶自吹笙醉
碧桃

金陵懷古

玉樹歌殘王氣終景陽兵合戍樓空楸梧遠近

千官塚禾黍高低六代宫石鷰拂雲晴亦雨江
豚吹浪夜還風英雄一去豪華盡惟有青山似
洛中

淩歊臺

宋祖淩歊樂未回三千歌舞宿層臺湘潭雲盡
暮山出巴蜀雪消春水來行殿有基荒薺合寢
園無主野棠開百年便作萬年計巖畔古碑空
緑苔

驪山

聞説先皇醉碧桃日華揺動鬱金袍風隨玉輦

輦歌迴雲卷珠簾劍珮高鳳駕北崤春深〻龍
輿西輦水滔〻娥眉漫後巡遊少飛落宮墻見
野蒿

淩歊臺送韋秀才

雲起高臺日未沉數村殘照半巖陰野蠶成蠒
桑柘盡谿鳥引雛蒲稗深帆勢依〻投極浦鐘
聲杳〻隔前林故山遥遥故人去一夜月明千
里心

咸陽城東樓

一上高城萬里愁蒹葭楊柳似汀洲溪雲初起

日沉閣山雨欲来風滿樓鳥下綠蕪秦苑夕蟬
鳴黄葉漢宫秋行人莫問當年事故國東来渭
水流

送蕭處士歸䌥山

醉斜烏帽髮如絲曾看山人一局棊賓館有魚
為客久鄉書無鴈到家遲䌥山住近吹簫廟湘
水行逢鼓瑟祠今夜月明何處宿九嶷雲盡綠
參差

京口寄友人

吳門烟月昔同遊楓葉蘆花共客舟聚散有期

雲北去浮沉無計水東流一尊酒盡青山暮千
里書回碧樹秋何處相思不相見鳳樓宮闕楚
江頭

晚自朝臺至韋隱居郊園

秋来皃鴈下方塘繫馬朝臺步夕陽村逕繞山
松葉暗柴門流水稻花香雲連海氣琴書潤風
帶潮聲枕簟凉西去磻谿猶萬里可能垂白待
文王

四皓廟

桂花松暖廟門開獨瀉椒漿奠一杯秦法欲興

鴻已去漢儲將廢鳳還來紫芝翳〻多青草白石蒼〻半緑苔山下驛程南鼠路不知冠蓋幾人回

七言排律附

王仲初

寄賀田侍中功成

使回高品滿城傳親見沂公在陣前百里旍旛衝即斷兩重衣甲射皆穿探知點檢兵應怯笑得新移栅未堅營被數驚乘勢破將經頻敗遂生全密招殘寇防人覺遥斬元兇恐自專首級

諸軍無敢近功崤部曲不争先屏通州縣叙連
海交割山川直到燕戰馬散騎還逐草肉牛齊
敗却畊田府中獨拜将軍貴門下兼兮宰相權
唐史上頭功第一春風雙珮好朝天

送裴相公上大原

還攜堂印向并州将相兼權是武侯時難獨當
天下事功成却進手中籌再三陳乞鑪煙裏前
後兮張玉桉頭朱架早朝排立戟緑槐殘雨看
張油邃知鴈塞從今好直到漁陽以北愁邊鋪
恐巡旂尽換山城欲過舘重脩千羣白刃兵迎

鄭十對紅妝妓打毬聖主分明教暫去不須高
起見京樓

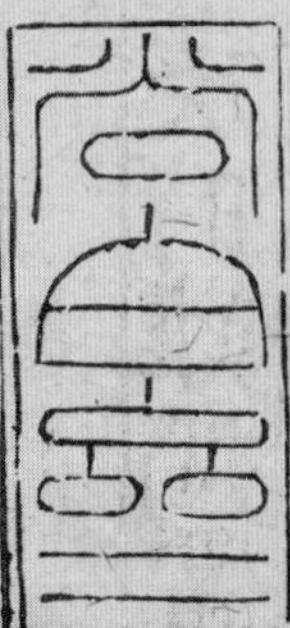

唐詩正音卷之四下

唐詩正音卷之五目錄

襄城楊士弘編次

五言絶句卷上

宋之問三首　東方虬三首
蓋嘉運二首　王摩詰一十八首
王夏卿二首　裴迪四首
郭元振一首　儲光羲六首
孟浩然五首　崔顥四首
崔國輔八首　岑參三首
劉方平二首

五言絶句盛唐初變六朝子夜楊柳之類往往
音調高古皆可為法今得十三人共詩六十首

卷下

皇甫孝常五首　劉文房九首
韋應物六首　盧允言三首
韓君平一首　耿湋二首
錢仲文八首　司空文明三首
李端四首　暢當二首
戴幼公四首　李君虞三首
武伯蒼二首　權載之一首

柳子厚四首　王廣津二首
張文昌九首　王仲初三首
劉夢得二首
中唐来作五言絶句者亦多取其音律近盛唐
者得十九人共詩七十三首
六言絶句附
王摩詰五首　皇甫茂政二首
張繼一首　劉文房五首
顧逋翁一首
六言自王維始效書塾體賦絶句後諸家往々

間見止得五人共詩十四首

六

唐詩正音卷第五上

五言絶句

宋之問

途中寒食

馬上逢寒食途中屬暮春可憐江浦望不見洛
橋人

别杜審言

卧病人事絶嗟君萬里行河橋不相送江樹遠
含情

早發韶州

綠樹秦京道青雲洛水橋故園長在目魂去不
須招

東方虬

昭君怨三首

漢道方全盛朝廷足武臣何須薄命妾辛苦事
和親

掩涙辭丹鳳銜悲向白龍單于浪驚喜無復舊
時容

胡地無花草春来不似春自然衣帶緩非是為
腰身

蓋嘉運

伊州歌二首

打起黃鸎兒莫教枝上啼々時驚妾夢不得到遼西

聞道黃花戍頻年不解兵可憐閨裏月偏照漢家營

王摩詰

山中送別

山中相送罷日暮掩柴扉春草年々綠王孫歸不歸

崔九弟欲往南山馬上口號與別

城隅一分手幾日還相見山中有桂花莫待花如霰

鳥鳴磵

人閒桂花落夜靜春山空月出驚山鳥時鳴春磵中

上平田

朝耕上平田暮耕上平田借問〻津者誰知沮溺賢

孟城坳

新家孟城口古木餘衰柳来者復爲誰空悲昔人有

木蘭紫

此一首係裴迪詩

蒼〻落日時鳥聲亂谿水緣谿路轉深幽興何時巳

鹿紫

空山不見人但聞人語響返照入深林復照莓苔上

南垞

輕舟南宅去北宅淼難即隔浦望人家遥〻不

相識

欒家瀨

颯颯秋雨中淺淺石溜瀉跳波自相濺白鷺
復下

白石灘

清淺白石灘綠蒲向堪把家住水東西浣紗明
月下

竹里館

獨坐幽篁裏彈琴復長嘯深林人不知明月来
相照

萍池

春池深且廣，會待輕舟迴。靡靡綠萍合，垂楊掃復開。

山中寄諸弟

山中多法侶，禪誦自爲羣。城郭遥相望，惟應見白雲。

息夫人

莫以今時寵，能忘舊日恩。看花滿眼淚，不共楚王言。

班婕妤二首

宮殿生秋草君王恩幸踈那堪聞鳳吹門外度
金輿
玉窓螢影度金殿人聲絶秋夜守羅帷孤燈耿
不滅

雜詩二首

家住孟津河門對孟津口常有江南船寄書家
中否
君自故鄉来應知故鄉事来日綺窗前寒梅着
花未

王夏卿

別輞川別業

山月曉仍在林風涼不絶殷勤如有情惆悵令

人別

裴迪

孟城坳

結廬古城下時登古城上古城非疇昔今人自

往

宮槐陌

門前宮槐陌是向欹湖道秋来風雨多葉落無

人掃

白石灘

跂石復臨水弄波情未極日下川上寒浮雲澹無色

崔九弟欲往南山馬上口號與別

歸山深淺去須盡丘壑美莫學武陵人暫游桃源裏

郭元振

春江曲

江水春沉沉上有雙竹林竹葉壞水色郎亦壞人心

送友之京

〔上〕登青雲去子望青山歸雲山從此別淚濕薜蘿衣

宿建德江

移舟泊烟渚日暮客愁新野曠天低樹江清月近人

送朱大入秦

游人五陵去寶劍直千金分手脫相贈平生一片心

洛陽道中

珠彈繫華子金羈游俠人酒酣白日暮走馬入
紅塵

崔顥

長干行

家臨九江水来去九江側同是長干人生小不
相識

江南竹三首

君家何處住妾住在横塘停船暫借問或恐是
同鄉
下渚多風浪蓮船漸覺稀那能不相待獨自逆

儲光羲

長安道

西行一千里暝色生寒樹暗聞歌吹聲知是長安路

洛陽道作獻吕四郎中三首

洛水春氷開洛城春樹緑朝看大道上落花亂馬足

大道正如髮春日佳氣多五陵貴公子雙〻鳴玉珂

春風二月時道傍柳堪把上枝覆宮閣下枝拂

車馬

江南曲二首

渌江深見底高浪直飜空慣是湖邊住舟輕不畏風

日暮長江裏相邀帰渡頭落花如有意来去逐船流

孟浩然

春曉

春眠不覺曉處〻聞啼鳥夜来風雨聲花落知多少

潮啼
三江潮水急五湖風浪涌由来䞟信輕莫畏邅
舟重

崔國輔
怨詞
妾有羅衣裳秦王在時作為舞春風多秋来不
堪着

古意
净揥黄金階飛霜厚如雪下簾彈箜篌不忍見
秋月

流水曲

㛙来日尚早更欲向芳洲渡口水流急回船不自由

少年行

遺却珊瑚鞭白馬驕不行章臺折楊柳春日路傍情

長信草

長信宮中草年年愁處生時侵珠履跡不使玉階行

魏宮詞

朝日照紅粧擬上銅雀臺畫眉猶未了魏帝使

人催

湖南曲

湖南送君去湖北送君歸湖裏鴛鴦鳥双〻他

自飛

采蓮

玉溆花争發金塘水亂流相逢畏相失並着采

蓮舟

岑參

見渭水思秦川

渭水東流去何時到雍州憑添兩行淚寄向故
園流

題三會寺蒼頡造字臺

野寺荒臺晚寒天古木悲空階有鳥跡猶似造
書時

行軍九日思長安故園

强欲登高去無人送酒來遥憐故園菊應傍戰
場開

劉方平

采蓮曲

落日清江裏荆歌艷楚腰采蓮從小慣十五即
乘潮

長信宫

夢裏君王近宫中河漢高秋風能再熱團扇不
辭勞

唐詩正音卷之五上

唐詩正音卷之五下

皇甫孝常

婕好春怨

花枝出建章鳳管發昭陽借問承恩者双娥幾許長

秋怨

長信多秋色昭陽借月華那堪閑永巷闇道選良家

送王司直

西塞雲山遠東風道路長人心勝潮水相送過

潯陽

送人還剡中舊居

海岸畊殘雪谿沙釣夕陽家中何所有春草漸看長

同諸公有懷

舊國迷江樹他鄉近海門移家南渡久童稚解方言

劉文房

春草宮懷古

君王不可見芳草舊宮春猶帶羅裙色青ㄑ向

楚之人

送張起崔載華之閩中

朝無寒士達家在舊山貧相送大涯裏憐君更遠人

逢雪宿芙蓉山

日暮蒼山遠天寒白屋貧柴門聞犬吠風雪夜歸人

赴楚州次韻田途中阻淺問張南史

楚城今遠近積靄寒塘莫水淺舟且遲淮潮在何處

送友人往楊州

渡口梨梅花山中動泉脉蕪城春草生君作楊州客

送張十八歸桐廬

歸人乘野艇帶月過江村正落寒潮水相隨夜到門

送方外上人

孤雲將野鶴豈向人間住莫買沃州山時人已知處

江中對月

空洲夕炬斂對月秋江裏歷〻沙上人月中孤
渡水

聽彈琴

泠〻七絃上靜聽松風寒古調雖自愛今人多
不彈

韋應物

詠夜

問從何處去暗從何處來但覺年光老半是此
中催

詠聲

萬物自生聽大空恒寂寞還從静中起却向静
中銷

秋夜寄丘二十二員外

懷君屬秋夜散步詠涼天山空松子落幽人應
未眠

對殘燈

獨照碧㓙久欲隨寒燼滅幽人将遽眠解帶翻
成結

同褒子秋齋獨宿

山月皎如燭霜風時動竹夜半鳥驚棲窓間人

獨宿

宿永陽寄璨律師

遥知郡齋夜凍雪封松竹時有山僧来懸鐙獨

自宿

盧允言

酬李益

戚〻一西東十年今始同可憐歌酒夜相對兩

衰翁

贈別司空曙

有月曾同賞無秋不共悲如何與君別又是菊

花時

塞下曲

月黑鴈飛高單于夜遁逃欲將輕騎逐大雪滿弓刀

韓君平

漢宮曲

繡幕珊瑚鈎春關翡翠樓深情不肯道嬌倚鈿箜篌

歐陽詹

秋日

返照入閭巷憂来與誰語古道無人行秋風動
禾黍
秋夜
高秋夜分後遠客鴈来時宋ゝ重門掩無人問
所思
錢仲文
江行無題四首
醫日多喬木維舟取束薪静聽江叟語俱是厭
兵人
牽路緣江狭沙崩岸不平盡知行處險誰肯載

時輕

咫尺愁風雨匡廬不可登秖疑香霧窟猶有六
朝僧
斗轉月未落舟行夜已深有村知不遠風便數
聲砧

竹間路

暗嶠草堂靜半入花源去有時載酒來不與清
風遇

石井

片霞照仙井泉底桃花紅那知幽石下不與武

陵通

宿洞口館

野竹通谿冷秋泉入戶鳴亂來人不到寒草上階生

傷秋

歲去人頭白秋来樹葉黃搔頭向黃葉與尔共悲傷

司空文明

金陵懷古

輦路江楓暗宮潮野草春傷心庾開府老作北

朝臣

戱花與衛象同醉

衰鬢千莖雪他鄉一樹花今朝與君醉忘却在長沙

留別盧秦卿

知有前期在難分此夜中無將故人酒不及石尤風

李端

蕪城懷古

風吹城上樹草没城邊路城裏月明時精靈自

来去

拜新月

開簾見新月便即下堦拜細語人不聞北風吹
裙帶

送人下第

獻策未得意馳車東出秦萬年千里客落日萬
家春

鳴箏

鳴箏金粟柱素手玉房前欲得周郎顧時時誤
拂絃

暢當

宿潭上

夜潭有仙舸與月當水中佳賓愛明月游子驚

秋風

登樓

迥臨飛鳥上高出世人閒天勢圍平野河流入

斷山

戴幼公

贈李唐山人

此意靜無事閉門風景遲柳條將白髮相對共

乘䌫

留别頣明府

江南雨初歇山暗雲猶濕未可動歸橈前程風正急

題秦隱君麗句亭

北人歸欲盡猶自住蕭山閉戶不暫出詩名滿世間

三閭廟

沅湘流不盡屈子怨何深日暮秋風起蕭蕭楓樹林

李君虞

江南曲

嫁得瞿塘賈朝〻誤妾期早知潮有信嫁與弄潮兒

照鏡

衰境臨朝鏡將看却自疑慚君明似月照我白如絲

惜春

畏老身全老逢春觧惜春今年看花伴已少去年人

武作著

夏夜作

夜久喧囂息池臺惟月明無因駐清景日出事
還生

途中即事

南征復北還擾擾百年間自笑紅塵裏生涯不
暫閑

權載之

玉臺體

昨夜裙帶解今朝蟢子飛鉛華不可棄莫是藁

砧歸

柳子厚

江雪

千山鳥飛絶萬徑人蹤滅孤舟簑笠翁獨釣寒

江雪

零陵早春

問春從此去幾日到秦原憑寄還鄉夢殷勤入

故園

長沙驛前南樓感舊

海鶴一為別存亡三十秋今来數行淚獨上驛

南樓

登柳州峨山

荒山秋日午獨上意悠悠如何望鄉處西北是融州

王廣津

閨人贈遠二首

鶯啼綠樹深燕語雕梁晚不省出門行沙場知近遠

遠戍功名薄深閨年貌傷粧成對春樹不語淚千行

張文昌

野田

漠漠野田草草中牛羊道古墓無子孫白楊不得老

琵琶臺

臺上緑蘿春閑登不待人每當休暇日着履戴紗巾

宿雲亭

清浄當深處虚明向遠開卷簾無俗客應只見雲來

繡衣石榻

山城無别味藥草兼魚果時有繡衣人同来石上坐

梅谿

自愛新梅好行尋一逕斜不教人掃石恐損落来花

惜花

山中春已晚處處見花稀明日来無盡林間宿不歸

岸花

可憐岸邊樹紅蘂發青條東風吹度水衝着木
蘭橈

寄西峯僧

松暗水涓涓夜凉人未眠西峯月猶在遥憶草
堂前

涇州塞

行到涇州塞惟聞羌戍鼙道邊雙古堠猶記向
安西

王仲初

田家

喌〻雀潗桓靈 東陂雨田家無夜食水中撈

禾黍

故行宮

寥落古行宮〻花寂寞紅白頭宮女在閒坐說

玄宗

新嫁娘

三日入厨下洗手作羹湯未諳姑食性先遣小

姑嘗

劉夢得

覩刀鑷歌

常恨言語淺不如人意深今朝兩相視脉脉萬重心

秋風

何處秋風至蕭蕭送鴈羣朝来入高樹孤客㝡先聞

六言絶句附

王摩詰

田園樂五首

采菱渡頭風急策杖村西日斜杏樹壇边漁父

桃花源裏人家
萋萋春草秋緑落落長松夏寒牛羊自歸村巷
童稚不識衣冠
山下孤烟遠村天邊獨樹高原一瓢顔回陋巷
五柳先生對門
桃紅復含宿雨柳緑更帶朝烟花落家僮未掃
鳥啼山客猶眠
酌酒會臨泉水抱琴好倚長松南園露葵朝折
西舍黄梁夜舂

皇甫茂政

送鄭二之茅山

水流絶澗終日草長深山暮春吠犬鳴雞幾處

條桑種杏何人

無題

江上年年春草津頭日日人行借問山陰遠近

猶聞薄暮鐘聲

張繼

奉寄皇甫冉

京口情人别久楊州估客来疎潮至潯陽回去

相思何處通書

劉文房

尋張逸人山居

危石纔通鳥道空山更有人家桃源定在深處

澗水浮来落花

送越州赴潤州使院留別鮑侍御

對水看山別離孤舟日暮行遲江北江南春草

獨向金陵去時

送陸澧還吳中

瓜步寒潮送客楊柳暮雨沾衣故山南望何處

秋草連天獨歸

苕谿酬梁耿別後見寄

清川永路何極落日孤舟解攜鳥向平蕪遠近人隨流水東西白雲千里萬里明月前溪後溪惆悵長沙謫々江潭芳草萋々

頤浦翁

歸山

心事數莖白髮生涯一片青山空山有雪相待古道無人獨還

唐詩正音卷第六目録

襄城楊士弘編次

七言絶句卷上

七言絶句唐初作者尚少獨王少伯專工賀知章王維而下不過所録者是然其音律高古皆

可為法通得十人共詩四十七首

卷中

皇甫茂政二首　張懿孫二首

劉文房七首　韋應物八首

盧允言二首　韓君平二首

錢仲文一首　郎君胄二首

司空文明二首　崔峒一首

李端一首　衛象一首

戴幼公三首　戎昱二首

顧逋翁二首　李君虞五首

秦公緒一首　武伯蒼一首

楊巨源一首　柳宗元五首

陳羽一首　竇冒卿一首

竇友封一首　王仲初八首

張文昌十四首　劉夢得十五首

中唐来作者漸盛今取其音律近盛唐者通得

二十六人共詩九十一首

卷下

杜牧之十四首　李義山十七首

晚唐来作者愈多音律愈下獨牧之商隱其精

思溫麤有可去者　二人共詩三十二首

唐詩正音卷第六上

七言絶句

賀季真

采蓮曲

稽山罷霧鬱嵯峨鏡水無風也自波莫言春度芳菲盡别有中流采芰荷

回鄉偶書

少小離鄉老大回鄉音無改鬢毛衰兒童相見不相識笑問客從何處来

綦毋潜

簇拍陸州

西去輪臺萬里餘故鄉音耗日應踈隴山鸚鵡

能言語為報閨人數寄書

王摩詰

送元二使安西

渭城朝雨裛輕塵客舍青青柳色新勸君更盡

一杯酒西出陽關無故人

寄河上段十六

與君相見即相親聞道君家在孟津為見行舟

試借問客中時有洛陽人

送別

送君南浦淚如絲君向東周使我悲為報故人憔悴盡如今不似洛陽時

九日憶山東兄弟

獨在異鄉為異客每逢佳節倍思親遥知兄弟登高處徧插茱萸少一人

寒食汜上作

廣武城邊逢暮春汶陽歸客淚霑巾落花寂寂啼山鳥楊柳青青渡水人

戲題盤石

可憐磐石臨泉水復有垂楊拂酒杯若道春風
不解意何曰吹送落花来

賈幼隣

送李侍郎赴常州

雪晴雲散北風寒楚水吳山道路難今日送君
須盡醉明朝相憶路漫漫

儲光羲

明妃詞二首

日莫驚沙亂雪飛傷人相勸易羅衣强来前殿
看歌舞共待單于夜獵歸

胡王知妾不勝悲樂府皆傳漢國辭朝来馬上
箜篌引稍似宮中閑夜時

同金壇令武平一退朝二首

朝来仙閣聽絃歌暝入花亭見綺羅池邊命酒
憐風月浦口還船惜芰荷
花潭竹嶼傍幽蹊畫檝浮空入夜溪菱荷覆水
船難進歌舞留人月易低

寄孫山人

新林二月孤舟還水滿清江花滿山借問故園
隱君子時〻来去住人間

王之奐

凉州詞

芦河遠上白雲間一片孤城萬仞山羗笛何須怨楊柳春光不度玉門關

王少伯

閨怨

閨中少婦不曾愁春日凝粧上翠樓忽見陌頭楊柳色悔教夫壻覓封侯

西宫春怨

西宫夜静百花香欲卷珠簾春恨長斜抱雲和

深見月朧朧樹色隱昭陽

長信秋詞

奉帚平明金殿開且將團扇暫裴徊玉顏不及寒鴉色猶帶昭陽日影來

真成薄命久尋思夢見君王覺後疑火照西宮知夜飲分明複道奉恩時

青樓曲

白馬金鞍從武皇旌旗十萬宿長楊樓頭小婦鳴箏坐遥見飛塵入建章

馳道楊花滿御溝紅粧縵綰上青樓金章紫綬

千餘騎夫壻朝回初拜侯

西宫秋怨

芙蓉不及美人粧水殿風来珠翠香却恨含啼掩秋扇空懸明月待君王

春宫曲

昨夜風前露井桃未央前殿月輪高平陽歌舞新承寵簾外春寒賜錦袍

青樓怨

香幃風動花入樓高調鳴筝緩夜愁腸斷闗山不解說依〻残月下簾鈎

采蓮曲

荷葉羅裙一色裁芙蓉向臉兩邊開亂入池中
看不見聞歌始覺有人来

出塞行

白花原頭望京師黄河水流無盡期窮秋曠野
行人絶馬首東来知是誰

别李浦之京

故園今在灞陵西江畔逢君醉不迷小弟鄰莊
尚漁獵一封書寄數行啼

寄狼侍御出幽州

從恩讒度瀟湘塞北江南萬里長莫道薊門
書信少鴈飛猶得到衡陽

重別李評事

莫道秋江離別難舟船明日是長安吳姬緩舞
留君醉隨意青楓白露寒

李倉曹宅夜飲

霜天留飲故情懽銀燭金罏夜不寒欲問吳江
別來意青山明月夢中看

觀獵

角鷹初下秋草稀鐵驄抛鞚去如飛少年獵得

平原兔馬後橫捎意氣歸

蕭駙馬宅花燭

青鸞飛入合懽宮紫鳳銜花出禁中可憐今夜

千家裏銀漢星回一道通

高適

除夜

旅館寒燈獨不眠客心何事轉悽然故鄉今夜

思千里秋鬢明朝又一年

塞上聽吹笛

雪淨胡天牧馬還月明羌笛戍樓間借問梅花何處落風吹一夜滿關山

營州歌

營州少年厭原野狐裘蒙茸獵城下虜酒千鍾不醉人胡兒十歲能騎馬

岑參

獻封大夫破播仙凱歌四章

漢將承恩西破戎捷書先奏未央宮天子預開麟閣待秖今誰數貳師功

官軍西出過樓蘭營幕傍臨月窟寒蒲海曉霜

凝馬尾葱山夜雪撲旌竿
鳴笳疊鼓擁回軍破國平蕃昔未聞丈夫鵲印
摇邊月大將龍旂掣海雲
日落轅門鼓角鳴千羣面縛出蕃城洗兵魚海
雲迎陣秣馬龍堆月照營

玉關寄長安主簿

東去長安萬里餘故人那惜一行書玉關西望
堪腸斷況復明朝是歲除

苜蓿峯寄家人

苜蓿峯邊逢立春葫蘆河上淚霑巾閨中只是

空相憶不見沙場愁殺人

逢入京使

故園東望路漫々雙袖龍鍾淚不乾馬上相逢

無紙筆憑君傳語報平安

送人

西原驛路掛城頭客散江亭雨未休君去試看

汾水上白雲猶似漢時秋

春夢

洞房昨夜春風起遥憶美人湘江水枕上片時

春夢 行盡江南數千里

酒泉太守席上醉後作

酒泉太守能劍舞高堂置酒夜擊鼓胡笳一曲斷人腸座上相看淚如雨

張正言

題張主人壁

世人結交湏黄金黄金不多交不深縱令然諾暫相許終是悠ゝ行路心

唐詩正音卷第六上

唐詩正音卷第六中

皇甫茂政

送魏十六還蘇州

秋夜沉沉此送君，陰蟲切切不堪聞。孤舟明日毗陵道，回首姑蘇是白雲。

酧張繼

帳望南徐登北固，迢迢西塞望東關。落日臨川問音信，寒潮惟帶夕陽還。

張懿孫

楓橋夜泊

月落烏啼霜滿天江楓漁火對愁眠姑蘇城外
寒山寺夜半鐘聲到客船

閶門即事

耕夫占募逐樓船春草青青萬頃田試上吳門
看郡郭清明幾處有新烟

劉文房

昭陽曲

昨夜承恩宿未央羅衣猶帶御爐香大容帳小
雲屏暗楊柳風多水殿涼

送裴郎中貶吉州

猨啼客散莫江頭人自傷心水自流同作逐臣
君更遠青山萬里一孤舟

新息道中作

蕭條獨向汝南行客路多逢漢騎營古木蒼蒼
離亂後幾家同住一孤城

贈崔九

憐君一見一悲歌歲歲無如老去何白屋漸看
秋草沒青雲莫道故人多

過鄭山人所居

寂寂孤鶯啼杏園寥寥一犬吠桃源落花芳草

無尋處萬壑千峯獨閉門

寄別朱拾遺

天書遠召滄浪客幾度臨岐病未能江海茫茫

春欲徧行人一騎發金陵

尋盛禪師蘭若

秋草黄花覆古阡隔林遥見起人烟山僧獨在

山中老唯有寒松見少年

韋應物

滁州西澗

獨憐幽草澗邊生上有黄鸝深樹鳴春潮帶雨

晚来急野渡無人舟自横

寒食寄京師諸弟

雨中禁火空齋冷江上流鶯獨坐聽把酒看花想諸弟杜陵寒食草青〻

九日

今朝把酒復惆悵憶在杜陵田舍時明年此日知何處世難還家未有期

休暇日訪王侍御不遇

九日驅馳一日閑尋君不遇又空還怪来詩思清人骨門對寒流雪滿山

登寶意寺上方舊遊

翠嶺香臺出半天萬家烟樹滿晴川諸僧近住不相識坐聽微鐘記往年

登樓寄王卿

踏閣攀林恨不同楚雲滄海思無窮數家砧杵秋山下一郡荊榛寒雨中

酬柳郎中春日歸楊州南郭見別之作

廣陵三月花正開花裏逢君醉一迴南北相過殊不遠暮潮從去早潮来

子規啼

高林滴露夏夜清南山子規啼一聲隣家孀婦抱兒泣我獨展轉何時明

盧允言

山店

登〻山路何時盡決〻谿流到處聞風動葉聲山犬吠幾家松火隔秋雲

村南逢病叟

雙膝過頤頂在肩四隣知姓不知年臥驅鳥雀惜禾黍猶恐諸孫無社錢

韓君平

寒食

春城無處不飛花寒食東風御柳斜日暮漢宫傳蠟燭青烟散入五侯家

江南曲

長樂花枝雨點銷江城日莫好相邀春樓不閉葳蕤鎖淥水回通宛轉橋

錢仲文

歸鴈

瀟湘何事等閑回水碧沙明兩岸苔二十五絃彈夜月不勝清怨却飛来

郎君胄

聽隣家吹笙

鳳吹聲如隔彩霞不知墻外是誰家重門深鎖

無尋處疑有碧桃千樹花

柏林寺南望

谿上遥聞精舍鐘泊舟微徑度深松青山霽後

雲猶在畫出西南三四峯

司空文明

峽口送友人

峽口花飛欲盡春天涯去住各霑巾來時萬里

商爲客今日翻成送故人

江村即事

罷釣歸來不繫船江村月落正堪眠縱然一夜
風吹去只在蘆花淺水邊

崔峒

題蘭若

絶頂茅庵老此生寒雲孤木伴經行世人那得
知幽逕遥向青峯禮磬聲

李端

長信宫

金壺漏盡禁門開飛燕昭陽侍寢回隨分獨眠
秋殿裏遥聞語笑自天來

衛象

古詞

鵠血調弓濕未乾鸊鵜新淬劍光寒遼東老將
鬢成雪猶向旄頭夜夜看

戴幼公

湘南即事

盧橘花開楓葉衰出門何處望京師沅湘日夜
東流去不為愁人住少時

對月荅元明府

山下孤城月上遲相留一醉本無期明年此夕

遊何處縱有清光知對誰

送呂少府

共酌流芳獨歸去故園髙likely

無楊柳折取桐花寄遠人

戎昱

旅次寄胡南張郎中

寒江近戶漫流声竹影當窗亂月明歸夢不知

湖水闊夜来還到洛陽城

移家别湖上亭

好是春風湖上亭柳條藤蔓繫離情黄鸝久住渾相識欲别頻啼四五聲

顧況

題葉道士山房

水邊楊柳赤欄橋洞裏神仙碧玉簫近得麻姑書信否潯陽江上不通潮

宿昭應

武帝祈靈太一壇新豐樹色繞千官那知今夜長生殿獨閉空山月影寒

李君虞

夜上受降城聞笛

回樂峯前沙似雪受降城外月如霜不知何處

吹蘆管一夜征人盡望鄉

聽曉角

邊霜昨夜墮關榆吹角江城片月孤無限塞鴻

飛不度西風吹入小單于

早發破訥沙

破訥沙頭鴈正飛鸊鵜泉上戰初歸平明日出

東南地滿磧寒光生鐵衣

送客還幽州

惆悵秦城送獨歸薊門烟樹遠依〻秋来莫射南来鴈縱遣乗春更北飛

宮怨

露濕晴花春殿香月明歌吹在昭陽似将海水添宮漏共滴長門一夜長

秦公緒

題明惠上人房

簷前朝暮雨添花八卜呉僧飯熟麻入定幾時還出定不知巢鷰污袈裟

武伯蒼

汴州聞角

何處金笳月裏悲悠悠邊客夢先知單于城上關山月今日中原摠解吹

楊巨源

和練師索秀才楊柳

水邊楊柳緑烟絲立馬煩君折一枝惟有東風冣相惜殷勤更向手中吹

柳子厚

柳州二月榕葉盡落偶題

宦情羇思共悽悽春半如秋意轉迷山城過雨
百花盡榕葉滿庭鸎亂啼

酬曹侍御過象縣見寄

破額山前碧玉流騷人遥駐木蘭舟春風無限
瀟湘意欲采蘋花不自由

銅魚使赴都寄親友

行盡關山萬里餘到時閭井是荒墟附庸惟有
銅魚使此後無回寄遠書

與浩初上人同看山寄京華親故

海畔尖山似劍鋩秋來處處割愁腸若爲化得

身千億散上峯頭望故鄉

夏晝偶作

南州溽暑醉如酒隱几熟眠開北牖日午獨覺無餘聲山童隔竹敲茶臼

陳羽

伏翼西洞送人

洞裏春晴花正開看花出洞幾時回殷勤好去武陵客莫引世人相逐來

竇曹卿

上陽宮

愁雲漠〻草離〻太乙勾陳處〻疑日暮毀垣
春雨裏殘花猶發萬年枝

竇友封

南游感興

傷心欲問前朝事惟見江流去不回日暮東風
春草緑鷓鴣飛上越王臺

王仲初

宮中詞

魚藻宮中鎖翠娥先皇行處不曾過如今池底
休鋪錦蔆角雞頭積漸多

金吾除夜進儺名畫袴朱衣四隊行院〻燒燈
如白日沉香火裏坐吹笙
避暑昭陽不擲盧井邊含水噴鵶雛內中數日
無呼喚揭得滕王蛺蝶圖
樹頭樹尾覓殘紅一片西飛一片東自是桃花
貪結子錯教人恨五更風
金殿當頭紫閣重僊人掌上玉夫容太平天子
朝元日五色雲中駕六龍

唐昌觀玉蘂花

一樹蘢蔥玉刻成飄廊點地色輕〻女冠夜覓

香來處惟見階前碎月明

綺繡宮

玉樓傾側粉墻空重疊青山繞故宮武帝去來

紅袖盡野花黃蝶領春風

江陵使至汝州

回看巴路在雲間寒食離家麥熟還日莫數

青似染商人說是汝州山

華清宮

酒幔高樓一百家宮前楊柳寺前花内園今得

溫湯水二月中旬已進瓜

張文昌

送蜀客

蜀客南行聽碧雞木綿花發錦江西山頭日晚行人少時見猩猩樹上啼

逢賈島

僧房逢着款冬花出寺行吟日已斜十二街中春雪徧馬蹄今去入誰家

與賈島閒遊

水北原南草色新雪消風暖不生塵城中車馬應無數能解閒行有幾人

寄李渤

五度谿頭躑躅紅嵩陽寺裏講時鐘春山處處行應好一月看花到幾峯

秋思

洛陽城裏見秋風欲作家書意萬重復恐匆匆說不盡行人臨發又開封

感春

遠客悠悠任病身誰家池上又逢春明年各自東西去此地看花是別人

蠻中

瘴水蠻中入洞流人家多住竹棚頭一山海上無城郭惟見松牌記象州

閒行

老身不計人間事野寺秋晴每獨過病眼較來猶斷酒却嫌行處菊花多

春别曲

長江春水緑堪染荷葉出水大如錢江頭橘樹君自種那不長繫木蘭船

成都曲

錦江近西春水緑新雨山頭荔支熟萬里橋边

多酒家游人爱向誰家宿

寒塘曲

寒塘沉〻柳葉踈水暗人語驚棲凫舟中少年醉不起持燭照水射游魚

山禽

山禽毛如白練帶棲我庭前栗樹枝獼猴半夜来取栗一雙中林向月飛

涼州詞

邊城莫雨鴈飛低蘆笋初生漸欲齊無數鈴聲遥過磧應馱白練到安西

鳳林關裏水東流白草黄榆六十秋邊將皆承主恩澤無人解道取涼州

劉夢得

自朗州至京戲贈看花諸君子

紫陌紅塵拂面来無人不道看花回玄都觀裏桃千樹盡是劉郎去後栽

再遊玄都觀

百畝庭中半是苔桃花淨盡菜花開種桃道士歸何處前度劉郎又獨来

烏衣巷

朱雀橋邊野草花烏衣巷口夕陽斜舊時王謝
堂前鷰飛入尋常百姓家

石頭城

山圍故國周遭在潮打空城寂寞回淮水東边
舊時月夜深還過女墻來

聽舊宮人穆氏歌

曾隨織女度天河記得雲間第一歌休唱貞元
供奉曲當時朝士已無多

與歌者何戡

二十餘年別帝京重聞天樂不勝情舊人惟有

何戡在更與殷勤唱渭城

踏歌詞

春江月出大隄平隄上女郎連袂行唱盡新詞
懽不見紅霞映樹鷓鴣鳴

竹枝詞

山桃紅花滿上頭蜀江春水拍山流花紅易衰
似郎意水流無限似儂愁
瞿塘嘈々十二灘此中道路古來難長恨人心
不如水等閒平地起波瀾
山上層々桃李花雲間烟火是人家銀釧金釵

来負水長刀短笠去𠊱（餘）

楊柳青〻江水平聞郎江上唱歌聲東邉日出

西邉雨道是無情還有情

楊柳枝詞

花萼樓前初種時美人樓上鬭腰肢如今抛擲

長街裏露葉如啼欲恨誰

煬帝行宫汴水濱數株殘柳不勝春晚来風起

花如雪飛入宫墻不見人

阿嬌怨

望見蔵䕺（蕤）舉翠華試開金屋掃庭花須臾宫女

傳來信音華平陽公主家

元和甲午歲詔書盡徵江湘逐客余自武陵赴京宿於都亭有懷續來諸君子

雷雨江湘起臥龍武陵樵客躡仙蹤十年夔水楓林下今夜初聞長樂鐘

唐詩正音卷之六中

杜牧之

登樂遊原

長空澹澹孤鳥没萬古銷沉向此中看取漢家何似業五陵無樹起秋風

漢江

溶溶漾漾白鷗飛淥淨春深好染衣南去北来人自老夕陽長送釣船歸

泊秦淮

烟籠寒水月籠沙夜泊秦淮近酒家商女不知

亡國恨隔江猶唱後庭花 二

赤壁

折戟沉沙鐵未銷自將磨洗認前朝東風不與周郎便銅雀春深鎖二喬

秋夕

銀燭秋光冷畫屏輕羅小扇撲流螢天階夜色涼如水卧看牽牛織女星

宫怨

監宫引出輭開門隨例雖朝不是恩銀鑰却收金鎖合月明花落又黄昏

寄揚州韓綽判官

青山隱隱水迢迢秋盡江南草未凋二十四橋
明月夜玉人何處教吹簫

送隱者

無媒徑路草蕭蕭自古雲林遠市朝公道世間
惟白髮貴人頭上不曾饒

將赴吳興登樂遊原

清時有味是無能閒愛孤雲靜愛僧欲把一麾
江海去樂遊原上望昭陵

江南春

千里鶯啼綠映紅水村山郭酒旗風南朝四百
八十寺多少樓臺烟雨中

懷吳中馮秀才

長洲苑外草蕭蕭却筭遊程歲月遥惟有別時
今不忘暮烟秋雨過楓橋

退宮人

開吹玉殿昭華管醉折梨園縹蔕花十年一夢
歸人世絳縷猶封繫臂紗

齊安郡後池

菱透浮萍綠錦池夏鶯千囀弄薔薇盡日無人

看徹雨鴛鴦相對浴紅衣

題城樓

嗚軋江樓角一聲微陽瀲瀲落寒汀不用憑闌

苦回首故鄉七十五長亭

李義山

龍池

龍池賜酒敞雲屏羯鼓声高衆樂停夜半燕歸

宮漏永薛王沉醉壽王醒

瑶池

瑶池阿母綺窗開黄竹歌声動地哀八駿日行

三萬里穆王何事不重来

咸陽

咸陽宫闕鬱嵯峨六國樓臺艷綺羅自是當時
天帝醉不關秦地有山河

漢宫詞

青雀西飛竟未回君王長在集靈臺侍臣𠺕有
相如渴不賜金莖露一杯

吳宫

龍檻沉沉水殿清禁門深掩斷人聲吳王宴罷
滿宫醉日暮水漂花出城

賈生

宣室求賢訪逐臣賈生才調更無倫可憐夜半虛前席不問蒼生問鬼神

四皓廟

本為留侯慕赤松漢庭方識紫芝翁蕭何只解追韓信豈得虛當第一功

有感

非關宋玉有微詞自是襄王夢覺遲一自高唐賦成後楚天雲雨盡堪疑

嫦娥

雲母屏風燭影深長河漸落曉星沉姮娥應悔偷靈藥碧海青天夜夜心

宮詞

君恩如水向東流得寵憂移失寵愁莫向尊前奏花落涼風只在殿西頭

過楚宮

巫峽迢迢舊楚宮至今雲雨暗丹楓浮生盡戀人間樂只有襄王憶夢中

憶住一師

無事經年別遠公帝城鐘曉憶西峯爐烟銷盡

寒燈晦童子開門雪滿松

夜雨寄北

君問歸期未有期巴山夜雨漲秋池何當共剪

西窻燭却話巴山夜雨時

訪隱者不遇

城郭休過識者稀哀猿啼處有柴扉滄江白石

漁樵路日暮歸來雨滿衣

西亭

此夜西亭月正圓疎簾相伴宿風恨梧桐莫更

翻清露孤鶴從來不得眠

月夕

草下陰蟲葉上霜朱闌迢遞壓湖光兔寒蟾冷
桂花白此夜姮娥應斷腸

偶題

小亭閑眠微醉消小榴海柏枝相交水紋簟上
琥珀枕傍有墮釵雙翠翹

唐詩正音卷之六下

唐音遺響序目錄

嗟夫唐之為詩上自人君公卿大夫下至閭里女子莫不以之相尚故開元大曆之間温柔敦厚之教蔚為音聲渢渢乎有雅頌之遺旨是以聆者千載何其盛歟後雖多有不及然皆研精覃思以成其言亦不可少也余既編唐音詩正音今又采其餘者名曰遺響以見唐風之盛與夫音律之正變學詩者先求於正音得其情性之正然後旁采乎此亦足以益其藻思觀者詳之

卷之一

章懷太子一首　王無功一首　王適一首
李義甫一首　張道濟一首　喬知之一首
張子壽三首　齊洗心一首　吳貞節二首
張巡一首　[illegible]之一首　陶翰二首

劉眘虛二首　薛據一首　賀蘭進明三首
沈如筠二首　李嶷三首　丁仙芝一首
吳象之一首　張潮二首　孟雲卿一首
嚴武一首　張彪一首　劉灣一首
朱放三首　張志和二首　劉希夷一首

右二十七人通得詩四十二首蓋自唐初至盛唐諸家之詩也惜其全集不得見焉間於諸書得其一二故不入之正音采其精粹者冠於遺響庶幾無遺憾云

沈雲卿五首　王昌齡八首　崔顥六首
李頎三首　高達夫四首　崔國輔一首
崔曙二首　劉方平二首

右八人通得詩三十一首其合作者已録正音其句律參差不齊而皆可爲法者重列于此云

柳中庸二首　丘丹一首　宋濟一首
劉商三首　羊士諤一首　雍裕之四首
長孫佐輔一首　楊中師三首　張仲素十三首
令狐殼士十一首
右十人通得詩四十首皆中唐人詩不得其全以考之
故不入正音而諸書中采其律調精粹者附於此云
卷之二
郎君胄一首　戴務公三首　戎昱七首
顧逋翁三首　楊巨源一首　陳羽一首
劉禹錫十首　王廣津一首
右八人通得詩二十七首其合作者已録正音其句律
雖未甚純美而其意調工絀有不可弃者再刪列于此云
李長吉二十一　盧仝六首　孟東野二十一

方[illegible]之六首　白[illegible]子十三首

右五人通得詩六十七首中唐以来雖皆卓然成家然不能不堕於一偏之失如李之険恠盧之泛溢孟之寒苦元白之近俚皆唐風之變也故不録於正音而擇其粹者附於此云

卷之三

賈浪仙八首　温飛卿二十五　李涉九首

張承吉十一首　施帝聖六首　李文山七首

鮑德源四首　陸龜蒙五首

右八人通詩七十五首皆晚唐以来名家之作也惜其音律流靡若賈之清刻温之靡縟尚不合乎正音況其下者乎是以就其所長而采之附於此云

杜牧之十首　許用晦六首　李義山二十九首

治三人通詩四十五首晚唐來報作之中獨能竒拔甚音律近合盛唐者已附正音今删擇其可録者附於此

卷之四

姚合二首　任翻一首　朱慶餘一首
趙承祐五首　孫革一首　雍國鈞八首
孟遲之三首　韓成封二首　薛陶臣四首
薛大拙四首　邵謁四首　方雄飛一首
于武陵四首　陳嵩伯一首　曹鄴之四首
劉司南四首　于子漪二首　司馬札二首
聶坦之一首　曹唐二首　高千里二首
高蟾四首　鄭守愚一首　唐茂業一首
崔道融四首　杜常一首　崔魯三首
王大用三首　羅鄴一首　韋[illegible]六首

右五十一人并無名氏通得詩一百一十七首葢自晚
合以下音律漸微雖當時相競為五七言律皆寒陋無
足為法故不及取今采其近於樂府唐音者列于遺
響之末云

唐音遺響目録

唐音遺響卷第一

過酒家　王無功

此日長昏飲非關養性靈眼看人盡醉何忍獨為醒

黃臺瓜辭　章懷太子

種瓜黃臺下瓜熟子離離一摘使瓜好再摘令瓜稀三摘尚云可四摘抱蔓歸

詠江濱梅　王適

忽見寒梅樹開花漢水濱不知春色早疑是弄珠人

詠烏　李義甫

日裏颺朝彩琴中伴夜啼上林如許樹不借一枝棲

蜀道後期　張說之

客心爭日月來往預期程秋風不相待先至洛陽城

可憐濯濯春楊柳攀折將來就纖手妾容與此同盛衰

何必君恩獨能久

感遇　　張子壽

魚游樂深池鳥栖欲高枝嗟爾蜉蝣羽薨薨亦何為有

生豈不化所感奚若斯神理日微滅吾心安得知浩蕩

楊朱子徒然泣路岐

孤鴻海上來池潢不敢顧側見雙翠鳥巢在三珠樹矯

矯珍木巔得無金丸懼美服患人指高明逼神惡今我

游冥冥弋者何所慕

自君之出矣

自君之出矣無復理殘機思君如滿月夜夜減容輝

長門怨　　齊澣

煢煢孤思逼寂寂長門夜妾妬亦知非君恩那不借

琴就玉階調悲聲未諧將心託明月流影入君懷

步虛詞　吳貞節

扶桑誕初景羽蓋淩晨霞倏欻造西域嬉遊金母家碧津湛洪源灼爍敷荷花煌煌青琳宮璨璨列玉華真氣溢絳府自然思無邪俯矜區中士夭濁良可嗟

瓊臺劫為仞孤暎太羅表常有三素雲凝光自飛繞羽童泛明霞升降何縹緲鸞鳳鼓雅音棲翔絳林標玉虛無晝夜靈景何皎皎一覩太上京方知衆天小

二氣播萬有化機無停輪而我操其端乃能出陶鈞寂寂大漠上所遇皆清真澄瑩含元和氣同自相親絳樹結丹實紫霞流碧津以茲保童嬰永用超形神

夜聞笛　張巡

岧嶤試一臨虜騎附城陰不辨風塵色安知天地心門

閑遊[illegible]近單苦陋雲深[illegible]夕更[illegible]上遥聞橫笛音

鄉賦後自鞏還田家因謝隣友見過之作　盧緯卿

雞鳴出東邑馬倦登南巒落日見桑柘翳然丘中寒隣家多舊識投暝來相看且問春稅苦兼陳行路難園壚近陰壑草木易凋殘峯暗雪猶積澗深冰已團浮名知何用歲晏不成懽置酒共君飲當歌聊自寬

古塞下曲　陶翰

進軍飛狐北窮寇勢將變日落塵沙昏背河更一戰騂馬黃金勒雕弓白羽箭射殺左賢王歸奏未央殿欲言塞下事天子不召見東出咸陽門哀哀淚如霰

燕歌行

請君留楚調聽我吟燕歌家在遼水頭邊風意氣多出

身爲漢將正值戎未和雪中凌天山冰上度交河大小百餘戰封矦竟蹉跎嶓來霸陵下故舊無相過雄劍委壓匣空門惟雀羅玉簽還趙姝瑶琴付齊娥昔日不爲樂時哉今奈何

暮秋楊子江寄孟浩然　　劉眘虚

木葉紛紛下東南日烟霜林山相晚暮天海空青蒼暝色空復久秋聲亦何長孤舟兼微月獨夜仍越鄉寒笛對京口故人在襄陽詠思勞今夕漢江遥相望

江南曲

美人何蕩漾湖上風日長玉手欲有贈徘徊雙明璫歌聲隨淥水怨色起青陽日暮還家望雲波橫洞房

出青門往南山別業　　薛據

舊居在南山夙駕自城闕榛莽相蔽虧去爾漸超忽

渴飲雲明菱芝季冬月實庭吹長松白日隱[illegible]淒懷抱
曠莫伸相知阻胡越弱年好棲隱鍊藥在巖窟及此離
垢氛興来亦因物末路期赤松斯言庶不伐

古意　賀蘭進明

崇蘭生澗底香氣滿幽林采采欲為贈何人是同心日
暮徒盈抱裵佪幽思深慨然紉雜珮重奏丘中琴

行路難二首

君不見門前柳榮耀終時蕭索久君不見陌上花狂風
吹去落誰家隣家思婦見之歎蓬首不梳心歷亂盛年
夫壻長别離歲暮相逢色凋換
君不見芳樹枝春花落盡蜂不窺君不見梁上泥秋風
始高鷰不棲蕩子從軍事征戰蛾眉嬋娟守空閨獨宿
自然堪下淚況復時聞烏夜啼

寄張徵古　沈如筠

家歷遠山意徵暝半空碧綠蘿無冬春彩炬竟朝夕張子海內奇耐爲巖中客聖君勞夢想安得老松石

閨怨

鴈盡書難寄愁多夢不成願隨孤月影流照伏波營

少年行　李嶷

十八羽林郎戎衣侍漢王臂鷹金殿側挾彈玉輿傍馳道春風起陪遊出建章

侍獵長楊下承恩更射飛塵生馬影滅箭落鴈行稀薄霧隨天仗聯翩入瑣闈

玉劍膝邊橫金杯馬上傾朝遊茂陵道夜宿鳳凰城豪吏多猜忌毋勞問姓名

江南曲　丁仙芝

長干斜路北近浦是兒家有意來相訪明朝出浦沙綠
向橫塘口船開值急流知郎舊時意且請攏船頭昨暝
逗南陵風聲波浪阻入浦不逢人歸家誰信汝未暝已
成粧乘潮去茫茫回從京口渡使報邵陵王始下夫容
樓言發瑯琊岸急爲打船開惡許傷人見

陽春歌　吳象之

簾低曉露濕簾卷鸎聲急欲起抱箜篌如羞彩絃澁孤
眠愁不轉點淚聲相及淨掃階上花風來更吹入

襄陽行　張潮

玉盤轉明珠君心無定準昨見襄陽客剩說襄陽好無
盡襄漢水峴山枕漢水東流風北吹只言一世長嬌饒
郁悟今朝見別離君渡清漢渚知人獨不語君見木栖
林憶君相思深莫作雲間鴻離声顧儔侶尚如匣中劍

兮形會同處是君婦識君情怨君恨君為此行下床一宿不可保況乃萬里襄陽城襄陽傳近大堤北君到襄陽莫廻惑大提諸女兒憐錢不憐德

江南行

茨菰葉爛別西灣蓮子花開猶未還妾夢不離江上水人傳郎在鳳凰山

古別離　孟雲卿

朝日上高臺離人怨秋草但見萬里天不見萬里道君行本遥遠苦樂良難保宿昔夢同衾憂心夢傾倒含酸欲誰訴展轉傷懷抱結髮年已遲征行去何早寒暄有時謝顦顇難再好人皆美年壽死者何曾老少壯無會期水深風浩々

明年稍□入漢關[illegible]
莫遣沙場匹馬還

古別離　　張彪

別離無遠近事懽情亦悲不聞車輪聲後會將何時去日忘寄書来日乖前期縱知明當還一息千萬思

出塞曲　　劉灣

將軍在重圍音信絶不通羽檄如流星飛入甘泉宫倚是并州兒少年心膽雄一朝隨召募百戰争王公去年桑乾北今年桑乾東死是征人死功是將軍功汗馬牧秋月疲卒卧霜風仍聞左賢王更欲圍雲中

銅雀妓　　朱長通

恨唱歌聲咽愁翻舞袖遲西陵日欲暮是妾斷腸時

題竹林寺

歲月人間促烟霞此地多殷勤竹林寺更得幾迴過

送温台

渺渺天涯君去時浮雲流水自相隨人生一世長如客何必今朝是別離

漁父歌　　張子同

西塞山前白鷺飛桃花流水鱖魚肥青篛笠綠蓑衣斜風細雨不須歸

漁父

八月九月蘆花飛南谿老人垂釣歸秋山入簾翠滴滴野艇倚檻雲依依却把漁竿尋小逕閑梳鶴鬢對斜暉翻嫌四皓曾多事出為儲皇定是非

代悲白頭翁　　劉希夷

洛陽城東桃李花飛來飛去落誰家洛陽女兒惜顏色

落花長歎息今年花落顏色改明年花開復誰在
已見松柏摧為薪更聞桑田變成海古人無復洛城東
今人還對落花風年〻歲〻花相似歲〻年〻人不同
寄言全盛紅顏子應憐半死白頭翁此翁白頭真可憐
伊昔紅顏美少年公子王孫芳樹下清歌妙舞落花前
光祿池臺開錦繡將軍樓閣畫神仙一朝臥病無相識
三春行樂在誰邊宛轉蛾眉能幾時須臾鶴髮亂如絲
但看古來歌舞地惟有黃昏鳥雀悲

擬古離別　沈雲卿

白水東悠〻中有西行舟〻行有返棹水去無還流奈
何生別者戚〻懷遠遊〻〻誰當惜所悲會難收自君
閒芳躅青陽四五遒皓月掩蘭室光風虛蕙樓相思無
明晦長歎累冬秋離居分遲暮高駕何淹留

長門怨

月皎風泠泠長門次掖庭玉階聞墜葉羅幌見飛螢

清露凝珠綴流塵下翠屏妾心君未察愁歎劇繁星

銅雀臺

昔年分鼎地今日望陵臺一旦雄圖盡千秋遺令開

綺羅君不見歌舞妾空來恩共漳河水東流無重回

古歌

落葉流風向玉臺夜寒秋思洞房開水精簾外金波下

雲母窗前銀漢迴玉階陰陰苔蘚色君王履綦難再得

璇閨窈窕秋夜長繡戶徘徊秋月光燕姬綵帳芙蓉色

秦子金爐蘭麝香北斗七星橫夜半清歌一曲斷君腸

長歌行　　王少伯

[illegible]

[illegible]
枯樹根下有石鼠窠高皇子孫盡千載無人過寶玉頻發掘精靈其奈何人生須信命有酒且長歌

齋心

女蘿覆石壁谿水幽濛朧紫葛蔓黃花娟娟寒露中朝飲花上露夜卧松下風雲英化為水光彩與我同日月蕩精魄寥寥天府空

少年行

西陵俠少年客過短長亭青槐夾兩路白馬如流星聞道羽書急單于寇井陘氣高輕赴難誰顧燕山銘

塞上曲

蟬鳴空桑林八月蕭關道出塞入塞雲處處黃蘆草從來幽幷客皆向沙場老莫學游俠兒矜誇紫騮好

和振上人秋夜懷士會

白露傷草木山風吹夜寒遥林夢親友高興發蔽巒郭外秋声急城邊月色殘瑤琴多遠思更為客中彈

采蓮

越女作桂舟還將桂為檝湖上水渺瀰清江初可涉摘取夫容花莫摘夫容葉將歸問夫壻顏色何如妾

城傍曲

秋風鳴桑條草白狐兎驕邨鄰飯來酒未消城北原平掣皂鵰射殺空營兩騰虎廻身却月佩弓弰

初日

初日淨金閨先照床前暖斜光入羅幕稍稍親絲管雲鬟不能梳楊花更吹滿

羽兩相顧鳴弓新上弦射麋入深谷飲馬投荒泉馬上共傾酒野中聊割鮮相看未及飲雜虜寇幽燕烽火去不息胡山高際天長驅救東北戰解城亦全報國行赴難古來皆共然

贈輕車

悠悠遠行歸經春涉長道幽冀桑始青洛陽蠶欲老憶昨戎馬地別時心草草烽火從北來邊城閉常早平生少相遇未得展懷抱今日杯酒間見君交情好

遼西

燕郊芳歲晚殘雪凍邊城四月青草合遼陽春水生胡人正牧馬漢將日徵兵露重寶刀濕沙虛金鼓鳴寒衣著已盡春服誰爲成寄語洛陽使爲傳邊塞情

相逢行

妾年初二八家住洛橋頭玉戶臨馳道朱門近御溝使君何假問夫壻大長秋女弟新承寵諸兄近拜侯春生百子殿花發五城樓出入千門裏年年樂未休

長門怨

君王寵初歇弃妾長門宫紫殿青苔滿高堂明月空夜愁生枕席春意罷簾櫳泣盡無人問容華落鏡中

王家少婦

十五嫁王昌盈盈入畫堂自矜年最少復倚壻為郎舞愛前谿緑歌憐子夜長閑來鬬百草度日不成妝

塞下曲　李頎

黄雲鴈門郡日暮風沙裏千騎黑貂裘皆称羽林子金笳吹朔雪鐵馬嘶雲水帳下飲蒲萄平生寸心是

登岸還入舟水禽驚笑語晚葉低衆色濕雲帶殘暑落
日乘醉歸谿流復幾許
梁公院各賦一物得初荷
微風和衆草大葉長圓陰晴露珠垂合夕陽花影深送
來不着水清淨本因心
宋中　高達夫
梁王昔全盛賓客復多才悠悠一千年陳跡惟高臺寂
寞向秋草悲風千里来
梁苑白日暮梁山秋草時君王不可見脩竹令人悲九
月桑葉盡寒風鳴樹枝
薊門行
邊城十一月雨雪亂霏霏元戎號令嚴人馬亦輕肥羗

胡無尽日征戰幾時歸

幽州多騎射結髮重橫行一朝事將軍出入有聲名紛紛獵秋草相向角弓鳴

香風詞　崔國輔

洛陽梨花落如霰河陽桃葉生復齊坐怨玉樓春欲盡綠綿紛紛褭妝啼

山下晚晴　崔曙

寥寥遠天淨谿路何空濛斜光照疎雨秋氣生白虹雲盡山色暝蕭條西北風故林歸宿處一葉下梧桐

古意

綠笋總成竹紅花亦成子能當此時好獨自幽閨裏夜夜苦更長愁來劇如死

春[illegible]　劉方平

紗窗日落漸黄昏金屋無人見淚痕寂寞空庭春欲晚

梨花滿地不開門

棲烏曲

畫舸双槽錦為纜芙容花發蓮葉暗門前月色映橫塘

感郎中夜渡瀟湘

江行　柳中庸

繁陰乍隱洲〻落葉初飛浦〻蕭〻楚客帆暮入寒江雨

涼州曲

關山萬里遠征人一望關山淚滿巾青海城頭空有月

黄沙磧裏本無春

答韋蘇州　丘丹

露滴梧葉鳴秋風桂花發中有學仙侶吹簫弄山月

東鄰美女歌　宋齊

花暖江城斜日陰，鶯啼繡戶曉雲深。春風不道珠簾隔，傳得歌聲與客心。

合谿送王永歸東郭　劉商

臨谿水，君去春山誰共遊。鳥啼花落水空流，如今送別他日相思來水頭。

醉後口號

春草秋風老此身，一瓢長醉任家貧。醒來還愛浮萍草，漂寄官河不屬人。

送王使君自楚移越

露冕行春向若耶，野人懷惠欲移家。東風二月淮陰道，惟見棠梨一樹花。

郡中即事　羊士諤

江[illegible]

莫教長袖倚闌干

五雜俎　　羅裕之

五雜俎刺繡寧往復還織錦梭不得已成交河

自君之出矣

自君之出矣寶鏡為誰明思君如隴水長聞嗚咽聲

江邊柳

嫋嫋古堤邊青青一樹烟若為絲不斷留取繫郎船

宮人斜

幾多紅粉委黃泥野鳥如歌又似啼應有春魂化為燕年年飛入未央栖

尋山家　　長孫佐輔

獨訪山家歇還涉茅屋斜連隔松葉主人聞語未開門繞籬野菜飛黃蝶

從軍行　令狐殻士

孤心眠夜雪滿眼是秋沙萬里猶防塞三年不見家
却望氷河闊前登雪嶺高征人幾多在又擬戰臨洮
胡風千里驚漢月五更明縱有還家夢猶聞出塞聲

宮中樂

月上宮花静烟含苑樹深銀臺門已閉仙漏夜沉沉
九重青瑣闥百尺碧雲樓明月秋風起珠簾上玉鈎

思君恩

小苑鶯歌歇長門蝶舞多眼看春又去翠輦不曾過

紫禁香如霧青天月似霜雲韶何處奏秖是在昭陽

長相思

幾度春眠覺紗窗曉望迷朦朧殘夢裏猶自在遼西

望春詞

隋陰春風起蓬茅雪水消相將打毬杖爭取富長偕

少年行

少小邊州慣放狂驛騎蕃馬射黃羊如今年老無筋力
獨倚營門數鴈行

盧十五竹亭送姪歸嵩山　楊中師

落葉寒擁辭清霜夜露沾石正是憶山時復送歸山客殷
勤一尊酒曉月當窗白

白紵詞

玉纓翠珮雜輕羅香汗微漬朱顏酡為君起唱白紵歌
清聲裊雲思繁多凝笳哀琴時相和金壺半傾芳夜促
梁塵霏霏暗紅燭令君安坐聽終曲墮葉飄花難再復
躡珠履步瓊筵輕身起舞紅燭前芳姿艷態妖且妍回
眸轉袖暗催弦涼風蕭蕭漏水急月華泛艷紅蓮溼牽

襟提帶翻成泣

春遊曲　　張仲素

烟柳飛輕絮風榆落小錢濛濛百花裏羅綺競秋千

騁望登香閣爭高下砌臺林間踏青去席上意錢來

行樂三春節林林百和香當年重意氣先占鬬雞場

宮中樂

江果瑤池實金盤露井冰甘泉將避暑臺殿曉光凝

春江曲

摇漾越江春相将采白蘋歸時不覺夜出浦月隨人

春閨怨

裊裊邊城柳青青陌上桑提籠忘采葉昨夜夢漁陽

塞下曲

三戍漁陽再渡遼騂弓在臂劍橫腰匈奴似若知名姓

行後陰山更射周

陰磧茫々塞草腓桔槔烽上暮烜飛交河北望天連海

蘇武皆将漢節歸

天馬辭

天馬初從渥水来歌曾唱得濯龍媒不知玉塞沙中路

苜蓿殘花幾處開

踌躞宛駒齒未齊揺金噴玉向風嘶来時行盡金河道

獵々輕風在碧蹄

漢苑行

春風淡々影悠々鶯囀高枝燕入樓千步回廊聞鳳吹

珠簾處々上銀鉤

秋閨思

碧窗斜月藹深暉愁聽寒螿淚濕衣夢裏不明見關塞

不知何路向金微

唐音遺響卷之一

唐音遺響卷之二

塞下曲　郎士元

寶刀塞下兒輕身百戰曾百勝壯心竟未嫖姚知白草
山頭日初沒黃沙戍下悲歌發蕭條靜夜邊風吹獨倚
營門望秋月

去婦怨　戴务公

出戶不敢啼風悲日悽々心知恩義絕誰忍分明別下
坂車轔々畏逢鄉里親空持牀前幔却寄家中人忽辭
王吉去爲是秋胡死若比今日情煩冤不相似

女耕田行

乳燕入巢筍成竹誰家二女種新穀無人無牛不及犁
持刀斫地翻作泥自言家貧母年老長兄從軍未娶嫂
去年災疫牛囤空截絹買刀都市中頭巾掩面畏人識

蹤通畦隴防鄰田憖頃溝塍待時雨日正南岡下餉歸
可憐朝雉擾驚飛東鄰西舍花發盡共惜餘芳淚滿衣

柳花歌送客往佳陽

滄浪渡頭柳花發斷續因風飛不絕搖烟拂水積翠間
綴雪含霜誰忍攀夾岸紛紛送君去鳴棹孤尋到何處
移家深入桂水源種柳新成花更繁定知別後消散盡
却憶今朝傷旅䰟

苦哉行　戎昱

妾家清河邊七葉承貂蟬身為最小女偏得渾家憐親
戚不相識幽閨十五年有時最遠出秖到中門前前年
狂胡來懼死飜生全今秋官軍至豈意遭戈鋋匈奴為
先鋒長鼻黃髮拳彎弓獵生人百步牛羊擅脫身落虜

曰不及歸黃泉苦哉難重陳暗哭蒼〻天

采蓮曲

雖聽采蓮曲詎識采蓮心漾檝愛花遠回船愁浪深烟
生極浦色日落半江陰同侶憐波靜看妝墮玉簪

涔陽女兒花滿頭毿〻同泛木蘭舟秋風日暮南湖裏
争唱菱歌不肯休

塞上曲

慘〻寒日沒北風卷蓬根將軍領疲兵却入古塞門廻
首指陰山殺氣成黃雲

樓上晝角哀即知兵心苦試問左右人無言淚如雨何
意休明時終年事鼙鼓

長安秋夜

[illegible]

宵西夢々入井庠道遠客崎去來在家貧亦多

客堂秋夕

隔窗螢影滅復流北風微雨虛堂秋蟲聲竟夜引鄉淚蟋蟀何知人自愁四時不得一日樂以此方悲客遊惡寂々江城無所聞梧桐葉上偏蕭索

日晚歌　　顧逋翁

日晚々兮下山望佳人兮不還花落兮屋上草生兮階間日々兮春風芳菲兮欲歇老不可兮更少君胡為兮輕別

短歌行

城邊路今人犁田昔人墓岸上沙昔時江水今人家今人昔人共長歎四序相催節回換明月皎々入華池白雲離々度清漢

古意

新繫青絲百尺繩心在君家轆轤上我心旣潔君不知
轆轤一轉一惆悵

公子行　陳羽

金羈白馬郎何處踏青來馬驕郎半醉躞蹀望樓臺似
見樓上人玲瓏窻戶開隔花聞一笑落日不知回

大堤詞　楊巨源

二八嬋娟大堤女開壚相對依江渚待客登樓向水看
邀郎卷幔臨花語細雨濛濛濕芰荷巴東商旅駐帆多
自傳芳酒濺紅袖誰調妍粧回翠娥珍簟華鐙夕陽後
當壚理瑟矜纖手月落星微五鼓聲春風摇蕩囪前柳
歲歲逢迎沙岸間背人多整綠雲鬟無端嫁與五陵少
離別烟波傷玉顏

宮詞　王建

似雪猧兒拼地行慣眠紅毯不曾驚深宮更有何人到
只向金階吠晚螢

淮陰行二首　劉夢得

船頭大銅鐶摩挲光陣〻早晚使風来沙頭一眼認
何物令儂羡〻郎船尾鸗銜泥趂檣竿宿食長相見

武昌老人說笛歌

武昌老人七十餘手把庾令相問書自言少小學吹笛
早事曹王曾賞激往来征鎮戍蘄州楚山蕭〻笛竹秋
當時買材恣搜索典却身上烏貂裘古苔蒼〻封老節
石上孫生飽風雪商聲五音隨指發水中龍應行雲絕
曾將黄鶴樓上吹一聲占盡秋江月如今老去語猶遲
音韻高低耳不知氣力已無心尚在時〻一曲夢中吹

平蔡州

汝南晨雞喔喔鳴城頭鼓角音和平路傍老人憶舊事
相與感激皆涙零老人收淚前致詞官軍入城人不知
忽驚元和十二載重見天寶承平時

堤上行三首

酒旗相望大堤頭堤下連檣堤上樓日暮行人争渡急
槳聲幽軋滿中流

江南江北望烟波入夜行人相應歌桃葉傳情竹枝怨
水流無限月明多

長堤繚繞水裵徊酒舍旗亭次苐開日晚上簾招賈客
軻峩大艑落帆來

洛中逢韓七中丞之呉興口號

昔年意氣結羣英幾度朝回一字行海北天南零落盡
兩人相見洛陽城

和令狐相公別牡丹

平章宅裏一欄花臨到開時不在家莫道兩京非遠別春明門外即天涯

瀟湘曲

斑竹枝斑竹枝淚痕點々寄相思楚客欲聽瑤瑟怨瀟湘深夜月明時

感諷　　李長吉

合浦無明珠龍洲無木奴是知造化力不給使君須越婦未織作吳蠶始蠕々縣官騎馬來獰色虬紫鬚懷中一方板々上數行書不囙使君怒焉得詣尒廬越婦拜縣官桒牙今尚小會待春日晏絲車方擲掉越婦通言語小姑具黃粱縣官踏飧去簿吏復登堂

申胡子觱篥歌

顛熟感君酒含嚬蘆中聲花娘簇縷安休睡夭容屏誰
載太平管列點排空星直貫開花風天上驅雲行今〻
歲華落令人惜平生心事如波濤中坐時〻驚拊客騎
白馬劍弨懸蘭纓俊健如生絲肯拾蓬中螢

蜀國絃

楓香晚花靜錦水南山影驚石隊猨哀竹雲愁半嶺涼
月生秋浦玉沙粼〻光誰家紅淚客不忍過瞿塘

仙人

彈琴石壁上翻〻一仙人手持白鸞尾夜掃南山雲鹿
飲寒澗下魚歸清海濱當時漢武帝書報桃花春

馬詩

寶玦誰家子長聞俠骨香堆金買駿骨將送楚襄王
不羨[illegible]百[illegible]不逢春

汗血到王家隨鸞撼玉珂少君騎海上人見是青騾

藕花涼露濕花缺藕根澁飛下雌鴛鴦塘水聲溢〻

塘上行

秦宮詩○漢秦宮將軍梁冀之嬖奴也秦宮

得寵內舍故以驕名大譟於人予撫舊作長

辭〻以馮子都之事相對望又云昔有之詩

越羅衫袂迎春風玉刻騏驎腰帶紅樓頭曲宴仙人語

帳重裏吹笙香霧濃人間酒暖春茫〻花枝入簾白日長

飛窓複道傳籌飲午夜朦朧膩燭黃秃衿小袖調鸚鵡

紫繡麻霞踏哮虎斫桂燒金待曉筵白鹿青蘇夜半煮

桐英永巷騎新馬內屋深屏生色畫開門爛用水衡錢

卷起黃河向身瀉皇天厄運猶曾裂秦宮一生花底活

鸞篦奪得不還人醉睡氍毹滿堂月

金銅仙人辭漢歌 并序。魏明帝青龍元年八月詔宫官牽車西取漢孝武捧露盤仙人欲立置前殿宫官既折盤仙人臨載潸然淚下唐諸王孫李長吉遂作金銅仙人辭漢歌

茂陵劉郎秋風客夜聞馬嘶曉無跡畫欄桂樹懸秋香三十六宫土花碧魏官牽車指千里東關酸風射眸子空將漢月出宫門憶君清淚如鉛水衰蘭送客咸陽道天若有情天亦老携盤獨出月荒涼渭城已遠波聲小

浩歌

南風吹山作平地帝遣天吳移海水王母桃花千徧紅彭祖巫咸幾回死青毛驄馬參差錢嬌春楊柳含細烟箏人勸我金屈卮神血未凝身問誰不須浪飲丁都護丗上英雄本無主買絲繡作平原君有酒唯澆趙州土

[illegible]

二十男兒那刺促

李憑箜篌引

吳絲蜀桐張高秋空山凝雲頹不流江娥啼竹素女愁
李憑中國彈箜篌崑山玉碎鳳凰叫芙蓉泣露香蘭笑
十二門前融冷光二十三絲動紫皇女媧鍊石補天處
石破天驚逗秋雨夢入神山教神嫗老龍跳波瘦蛟舞
吳質不眠倚桂樹露脚斜飛濕寒兎

天上謡

天河夜轉漂回星銀浦流雲學水聲玉宮桂樹花未落
仙妾采香垂珮纓秦妃卷簾北窗曉窗前植桐青鳳小
王子吹笙鵝管長呼龍耕烟種瑤草粉霞紅綬藕絲裙
青洲步拾蘭苕春東指羲和能走馬海塵新生石山下

春坊正字劍子歌

先輩匣中三尺水曾入吳潭斬龍子隙月斜明刮露寒
練帶平鋪吹不起蛟胎皮老蒺藜刺鸊鵜淬花白鷴尾
直是荊軻一片心莫教照見春坊字挼絲團金懸麗䙰
神光欲截藍田玉提出西方白帝驚嗷々鬼母秋郊哭

李夫人

紫皇宮殿重々開夫人飛入瓊瑤臺綠香繡帳何時歇
青雲無光宮水咽翩聯桂花墜秋月孤鸞驚啼商絲發
紅壁闌珊懸佩璫歌臺小妓遙相望玉蟾滴水雞人唱
露華蘭葉參差光

鴈門太守行

黑雲壓城々欲摧甲光向月金鱗開角聲滿天秋色裏
塞上燕脂凝夜紫半捲紅旗臨易水霜重鼓寒聲不起

[illegible]

貴主征行樂

奚騎黄銅連鎖甲羅旗香幹金畫葉中軍留醉河陽城
驕嘶紫蔫踏花行春營騎將如紅玉走馬捎鞭上空絣
女垣素月角咿〻牙帳未開分錦衣

神絃別曲

巫山小女隔雲別春風松花山上發綠蓋獨穿芳逕歸
白馬花竿前孑〻蜀江風澹水如羅墮蘭誰泛相經過
南山桂樹為君死雲衫淺汙紅脂花

江南弄

江中綠霧起涼波天上疊巘紅嵯峨水風浦雲生老竹
渚暝蒲帆如一幅鱸魚千頭酒百斛酒中倒臥南山綠
吳歈越〻未終曲江上團〻帖寒玉

少年樂

芳草落花如錦地二十長遊醉鄉裏紅纓不重白馬驕
垂柳金絲香拂水吳娥未笑花不開綠鬢聳墮蘭雲起
陸郎倚醉牽羅袂奪得寶釵金翡翠

夢天

老兔寒蟾泣天色雲樓半開壁斜白玉輪軋露濕團光
鸞珮相逢桂香陌黃塵清水三山下更變千年如走馬
遥望齊州九點烟一泓海水杯中瀉

蝴蝶舞

楊花撲帳春雲熱龜甲屏風醉眼纈東家胡蝶西家飛
白騎少年今日歸

昌谷北園新笋

露壓烟啼千萬枝

新月　　盧仝

仙宮雲箔卷露出玉簾鈎清光無所贈相憶鳳皇樓

有所思

當時我醉美人家美人顏色嬌如花今日美人弃我去青樓珠箔天之涯娟娟姮娥月三五二八盈又缺翠眉蟬鬢生別離一望不見心斷絕心斷絕幾千里夢中醉臥巫山雲覺來淚滴湘江水湘江兩岸花木深美人不見愁人心含愁更奏綠綺琴調高絃絕無知音美人兮美人不知為暮雨兮為朝雲相思一夜梅花發忽到窗前疑是君

樓上女兒曲

誰家女兒樓上頭指揮婢子掛簾鈎林花撩亂心之愁

卷却羅袖彈箜篌〻〻歷亂五六絃羅袖掩面啼向天
相思向天情不斷落花紛〻心欲穿〻心欲穿憑闌干相
憶柳條綠相思錦帳寒直緣感君恩愛一回顧使我雙
淚長珊〻我有嬌靨待君笑我有嬌蛾待君掃鶯花爛
熳君不來及至君來花已老心腸寸斷誰得知玉階幕
歷生青草

思君吟

我思君兮河之壖我為河中之泉君為河中之青天〻
青〻泉泠〻泉含青天〻隔泉我思君兮心亦然此心
復在天之側我心為風兮漸〻君身為雲兮幕〻此風
引此雲兮雲不來風兮雲兮何慇懃與我身心雙裴回

蕭三十三赴歙州會期傑客楊州早春寄一絕

[illegible]

四隱岑前好客言

逢鄭三游山

相逢之處花茸茸石壁攢峯千萬重他日期君何處好

寒流石上一株松

與韓愈李翺張籍別　孟東野

朱絃奏離別華燈少光輝物色豈有異人心顧將違客

程殊未已歲華忽然微秋桐故葉下寒露新鴈飛遠游

起重恨送人念先歸夜集類饑鳥晨光失相依馬跡繞

川水鴈書還閨闈常恐親朋阻獨行知慮非

古薄命

不惜十指絃為君千萬彈常恐新聲至坐使故聲殘棄

置今日悲即是昨日懽將新變故易持故為新難青山

有蘼蕪淚葉長不乾空令後代人采掇幽思攢

古樂府雜怨

貧女鏡不明寒花日少容暗蛬有虛織短線無長縫浪水不可照狂夫不可從浪水多散影狂夫多異蹤持此一生薄空成萬恨濃

怨別

一別一回老志士白髮早在富易為容居貧難自好沉憂損性靈服藥亦枯槁秋風游子衣落日行遠道君問去何之賤身難自保

遊終南

南山塞天地日月石上生高峰夜留景深谷晝未明山中人自正路險心亦平長風驅松柏聲拂萬壑清到此悔讀書朝朝近浮名

[illegible]
踏小船頭獨速舞短蓑笑伊漁陽摻空恃文章多鬭倚
青竹竿白日奈我何
短蓑不怕雨白鷺相爭飛短檝畫菰蒲鬭作豪橫歸矣
伊水健兒浪戰無光輝不如竹枝弓射鴨無是非

游子吟

慈母手中線游子身上衣臨行密密縫意恐遲遲歸誰
言寸草心報得三春暉

塘下行

塘邊日欲斜年少早還家徒將白羽扇調妾木蘭花不
是城頭樹梛栖來去鴉

征婦怨

君淚濡羅巾妾淚滴路塵羅巾去在手今得隨妾身路

塵筎得風得上君車輪
漁陽千里道近如中門限中門有時踰漁陽長在眼
生在綠羅下不識漁陽道良人自戍來夜夜夢中到
古别
欲别牽郎衣問郎游何處不恨歸日遲莫向臨卭去
古怨
試妾與君淚兩處滴池水看取芙容花今年爲誰死
樂府戲贈陸大夫十二丈
蓮葉未開時苦心終日卷春水徒蕩漾荷花未開展
閨怨
妾恨比斑竹下盤煩冤根有笋未出土中已含淚痕
出門行
妾有[illegible]

一聞陌上苦寒奏使我佇立驚且悲君今得意厭粱肉
豈復念我貧賤時
海風蕭蕭天雨霜窮愁獨坐夜何長驅車舊憶太行險
始知游子悲故鄉美人相思隔天闕長望雲端不可越
手持琅玕欲有贈愛而不見心斷絕南山峩峩白石爛
碧海之波浩漫漫參辰出沒不相待我欲橫天無羽翰

巫山高　時

巴江上峽重復重陽臺碧峭十二峯荊王獵日逢暮雨
夜卧高丘夢神女輕紅流煙濕艷姿行雲飛去明星稀
目極魂斷望不見猿啼三聲淚沾衣

臨池曲

池上春蒲葉如帶紫菱成角蓮子大羅裙蟬鬢倚迎風

雙〻伯勞飛向東

寒食

長安落花飛上天南風引至玉階前可憐春色亦朝謁
唯我孤吟渭水邊

桃花　元微之

桃花淺深處似匀深淺粧春風助腸斷吹落白衣裳

和樂天早春見寄

雨香雲淡覺微和誰送春聲入棹歌萱近北堂穿土早
柳偏東面受風多湖添水色消殘雪江送潮頭涌漫波
同受新年不同賞無由縮地欲如何

劉阮山

夫容脂肉綠雲鬟罨畫樓臺青黛山千樹桃花萬年
[illegible]

殘燈無燄影幢幢此夕聞君謫九江垂死病中驚起坐
暗風吹雨入寒窗

重贈商玲瓏　樂天

休遣玲瓏唱我辭我辭多是寄君詩明朝又向江頭別
月落潮平是去時

憶事

夜深閒到戟門邊卻繞行廊又獨眠明月滿庭池水淥
桐花垂任翠簾前

新辭　白樂天

霽色鮮宮殿秋聲脆管絃聖明千載樂歲歲似今年

也上

小娃撐小艇偷采白蓮回不解藏蹤跡浮萍一道開

尋郭道士不遇

郡中乞假来相訪洞裏朝元去不逢看院秖留雙白鶴入門唯見一青松藥鑪有火丹應伏雲碓無人水自舂欲問參同契中事未知何日淂相從

後宫詞

淚盡羅巾夢不成夜深前殿按歌聲紅顔未老恩先斷斜倚熏籠坐到明

楊柳枝

紅板江橋青酒旗館娃宫暖日斜時可憐雨歇東風定萬樹千條各自垂

采蓮曲

菱葉縈波荷颭風荷花深處小船通逢郎欲語低頭笑

寒閨怨

寒月沉沉洞房靜真珠簾外梧桐影秋霜欲下手先知
鐙底裁縫剪刀冷

同李十一醉憶元九

花時同醉破春愁醉折花枝當酒籌忽憶故人天際去
計程今日到梁州

杏園花下贈劉郎中

怪君把酒偏惆悵曾是貞元花下人自別花來多少事
東風二十四回春

春題華陽觀

帝子吹簫逐鳳凰空留仙洞號華陽落花何處堪惆悵
頭白宮人掃影堂

期不至

紅燭清尊久延佇出門入門天欲曙星稀月落君不來
烟柳朧朧鵲飛去

竹枝詞

瞿塘峽口冷烟低白帝城頭月向西唱到竹枝聲咽處
寒猿晴鳥一時啼

巴東船舫上巴西波面風生雨腳齊水蓼冷花紅簇簇
江蘺濕葉碧萋萋

唐音遺響卷之二

唐音遺響卷之三

旅遊　賈浪仙

此心非一事書札若為傳舊國別多日故人無少年空
巢霜葉落疏牖水螢穿留得林僧宿中宵坐默然

山中道士

頭髮梳千下休粮帶瘦容養雛成大鶴種子作高松白
石通宵煑寒泉盡日舂不曾離隱處那得世人逢

題李凝幽居

閑居少隣並草徑入荒園鳥宿池中樹僧敲月下門過
橋分野色移石動雲根暫去還來此幽期不負言

送朱可久歸越中

石頭城下泊北固暝鐘初汀鷺衝潮起船窗過月虛

壯士吟

壯士不曾悲去郎無回期如何易水上未歌淚先垂

宿村家亭子

牀頭枕是谿中石井底泉通竹下池宿客未眠過夜半獨聞山雨到來時

渡桑乾

客舍并州已十霜歸心日夜憶咸陽無端更渡桑乾水却望并州是故鄉

三月晦日

三月正當三十日風光別我苦吟身共君今夜不須睡未到曉鐘猶是春

西州詞　温飛卿

悠悠復悠悠昨日下西洲西洲風色好遥見武昌樓武

邑何鬱〻儂家定無匹小婦被流黃登樓撫瑶瑟朱絃
繫復輕素手直凄清一彈三四解掩抑似含情南樓登
且望西江廣復平艇子搖兩槳催過石頭城門前烏相
樹條濇天將曙鷄鵝飛復還郎隨早帆去廻頭語同伴
定復負情儂去帆不安幅作抵使西風他日相尋索莫
作西州客西州人不歸春草年〻碧

湘宮人歌

池塘芳意濕夜半東風起生緑畫羅屏金壺貯春水黃
粉楚宮人芳花玉刻麟娟〻照其燭不語兩含嚬

碧澗驛曉思

香燈伴殘夢楚國在天涯月落子規歇滿庭山杏花

郭處士擊甌歌

[illegible]

砑珊蕤鈴消炸日五音闇三十六宮花南夜東風吹老

升稀玉晨冷磬破昏夢天露未乾香著衣蘭釵委墜垂

雲鬟小響丁當逐迴雪晴碧炬滋重疊山羅裙半脫桃

花月太平天子駐雲車龍鑪勃鬱雙蟠拏宮中近臣抱

扇立侍女低鬟落翠花亂珠觸續正跳蕩傾頭不覺金

烏斜我亦為君長歎息緘情遠寄愁無色莫沾香夢綠

楊絲千里春風正無力

張靜婉采蓮曲

蘭膏墜髮紅玉春燕釵拖頸抛盤雲城西楊柳向嬌晚

門前溝水波潾潾麒麟公子朝天客珂馬堂堂度春陌

掌中無力舞衣輕翦斷鮫綃破春碧抱月飄煙一尺腰

麝臍龍髓憐嬌嬈秋羅拂水碎光動露重花多香不

銷鸂鶒交交塘水滿綠芒如粟蓮莖短一夜西風送雨

来粉痕零落愁紅淺舟頭折藕絲暗牽藕根蓮子相
留連郎心似月﹅易缺十五十六清光圓

舞衣曲

藕腸纖縷抽輕春烟機漠﹅嬌蛾颦金梭淅瀝透空薄
剪落交刀吹斷雲張家公子聽秋雨夜向蘭堂思楚舞
蟬衫麟帶壓愁香偷得鸎簧鎖金縷管含蘭氣嬌語悲
胡槽雪腕鴛鴦絲夫容力弱應難定楊柳風多不自持
廻嚬笑語西囱客星斗寥﹅波脉﹅不逐秦王卷象
床滿樓明月梨花白

湖陰詞

祖龍黃鬚珊瑚鞭鐵驄金面青連錢虎髯拔劍欲成夢
日壓賊營如血鮮海旗風急驚眠起甲重光揺照湖水
蒼黃追騎[illegible]

灞川玉星空中唄列晝女隹入青瑣雪腕如捉

畫鞞白虹天子金煌鎧高臨帝座迴龍章吳波不動楚山晚花壓闌干春晝長

懊惱曲

藕絲作線難勝針蘂粉染黃那得深玉白蘭芳不相顧青樓一笑輕千金莫言自古皆如此健劍刜鐘鉛繞指三秋庭綠盡迎霜唯有荷花守紅死廬江小吏朱斑輪柳纏吐芽香玉春兩股金釵已相許不令獨作空成塵悠悠楚水流如馬恨紫愁紅滿平野野土千年怨不平至今燒作鴛鴦瓦

晚歸曲

格格水禽飛帶波孤光斜起夕陽多湖西山淺似相笑菱刺惹衣攢黛蛾青絲繫船向江木蘭芽出土吳江曲

水極晴搖泛灩紅草平春漲煙綿綿玉鞭騎馬楊叛兒刻金作鳳光參差丁丁暖漏滴花影催入景陽人不知籌彎堤弱柳遥相矚雀扇團團掩香玉蓮塘艇子歸不歸柳暗桑穠聞布谷

曉仙謠

玉妃喚月歸海宮月色澹白涵春空銀河欲轉星靨靨雪浪疊疊山埋早紅宮花有露如新淚小苑茸茸入寒翠綺閣空傳唱漏聲網軒未辨凌雲字遥遥珠帳連湘煙鶴扇如霜金骨仙碧簫曲盡綵霞動下視九州皆悄然秦王女騎紅尾鳳乘空回首晨雞弄霧蓋狂塵億兆家世人猶作牽情夢

春愁曲

紅絲穿露珠簾冷百尺啞啞下纖綆遠翠愁山入卧屏

[illegible]

錦疊空牀委墜紅颸〻掃尾雙金鳳蜂喧蝶駐俱悠揚
柳拂赤闌纖草長覺後梨花委平綠春風和雨吹池塘

湘東宴曲

湘東夜宴金貂人楚女含情嬌翠嚬玉管將吹插鈿帶
錦囊斜拂雙麒麟重城漏斷孤帆去唯恐瓊簽報天曙
萬戶沉〻碧樹圓雲飛雨散知何處欲上香車俱脉〻
清歌響斷銀屏隔堤外紅塵蠟炬歸樓前澹月連江白

錦城曲

蜀山攢黛留晴雪簝筍蕨芽縈九折江風吹巧剪霞綃
花上千枝杜鵑血杜鵑飛入巖下叢夜叫思歸山月中
巴水漾情〻不盡文君織得春機紅怨魄未歸芳草死
江頭學種相思子樹成寄與望鄉人白帝荒城五千里

蘭塘辭

塘水汪汪鳧唼喋憶上江南木蘭檝繡頸金鬚蕩倒光團團皺綠鷄頭葉露冷荷卷珠淨圓紫菱刺短浮根鮮小姑歸晚紅妝淺鏡裏芙蓉映水妍東溝潏潏勞回首欲寄一杯瓊液酒知道無郎却有情長教月照相思柳

織錦辭

丁東細漏侵瓊瑟影轉高梧月初出簇簇金梭萬縷紅鴛鴦艷錦初成匹錦中百結皆同心蘂亂雲盤相間深此意欲傳傳不得玫瑰作柱朱絃琴爲君裁破合歡被星斗迢迢共千里象尺熏鑪未覺秋碧池已有新蓮子

塞寒行

燕弓弦勁霜封瓦樸簌寒鵰睇平野一點黃塵起鴈喧白龍堆下千蹄馬河源怒濁風如刀翦斷朔雲天更高

晚出榆関逐征北驚沙飛迸衝貂袍心許凌煙名不滅
年年錦字傷離別彩毫一畫竟何榮空使青樓淚成血

春洲曲

韶光染色如蛾翠綠濕紅鮮水容媚蘇小慵多蘭渚閑
融融浦日鵁鶄寐紫騮蹀躞金銜嘶岸上揚鞭烟草迷
門外平橋連柳堤歸來晚樹黃鸎啼

陽春曲

雲母空窓曉寒薄香昏龍氣凝暉閣霏霏霧雨杏花天
簾外春威着羅幙曲欄伏檻金麒麟沙苑芳郊連翠茵
廐馬何能齧芳草路人不敢隨流塵

春曉曲

家臨長信往來道乳燕雙雙拂烟草油壁車輕金犢肥
流蘇帳曉春雞早籠中嬌鳥暖猶睡簾外落花閑不掃

嫩梳一樹近前池似惜紅顏鏡中老

蓮浦謡

鳴橈軋軋谿溶溶廢䘵緑平烟吳苑東水清蓮媚兩相向鏡裏見愁愁更紅白馬金鞭大堤上西江日日多風浪荷心有露似驪珠不是真圓亦摇蕩

經陳琳墓

曾於青史見遺文今日飄蓬過古墳詞客有靈應識我霸才無主始憐君石麟埋没惟春草銅雀荒凉有暮雲莫怪臨風倍惆悵欲將書劍學從軍

瑶瑟怨

冰簟銀床夢不成碧天如水夜雲輕鴈聲遠過瀟湘去十二樓中月自明

[illegible]作

宜曲長楊[illegible]寒山[illegible]秋[illegible]

寂寞相如臥茂陵

贈彈箏者

天寶年中事上皇曾將新曲教寧王鈿蟬金鴈皆零落

一曲伊州淚萬行

經故交與學士居

剗逐驚波玉委塵謝安門下更何人西州城外花千樹

盡是羊曇醉後春

六歎　　李端

綺羅香風翡翠車晴明獨傷太容渠上有雲鬟洞仙女

垂羅掩縠烟中語風月頻驚桃李時滄波久別鴛鴦侶

欲傳一札孤飛翼山長水遠無消息却鎖重門一院深

半夜空庭明月色

深院梧桐夾金井上有轆轤青絲索美人清晝汲寒泉
〻〻欲上銀瓶落〻〻碧甃千餘尺竟日倚闌空歎息
惆悵不來照明鏡却掩洞房花寂〻

牧童詞

朝牧牛牧牛下江曲夜牧牛〻村谷荷蓑出林山雨細
蘆管臥吹沙草綠亂插蓬蒿箭滿腰不怕猛虎欺黃犢

過襄陽寄上于司空

方城漢水舊城池陵谷依然世自移歇馬獨来尋故事
逢人唯說峴山碑

從秦城回再題武関

遠別秦城萬里游亂山高下入商州関門不鎖寒谿水
一夜潺湲送客愁〻

題鶴林寺僧室

終日昏昏醉夢間忽聞春盡強登山因過竹院逢僧話
又得浮生半日閑

春晚遊鶴林寺寄使府諸公

野寺尋花春已遲背巖惟有兩三枝明朝攜酒猶堪賞
為報春風且莫吹

開元寺

宿雨初收草木濃羣鴉飛散下堂鐘長廊無事僧歸院
盡日門前獨看松

竹枝詞

十二峯頭月欲低空濛灘上子規啼孤舟一夜東歸客
泣向東風憶建谿

穆護砂　張承吉

玉管朝朝美清歌日日新折花當驛路寄與隴頭人

思婦樂

萬里春歸盡三江鴈亦稀連天漢水廣孤客未言歸

金殿樂

入夜秋砧動千聲起四隣不緣樓上月應爲隴頭人

墻頭花

蟋蟀鳴洞房梧桐落金井爲君裁舞衣天寒剪刀冷

續曲歌

不見心相許徒云腳譌勒摘荷空摘葉是底采蓮人

昭君怨

萬里邊城遠千山行路難舉頭惟見日何處是長安

車遥遥

東方曨曨車軛軛地色不分新去轍閨門半掩床半空

[illegible]

果川樓[illegible]山家　馬跡在耳朝[illegible]

莫道野蚕能作繭

題金山寺

一宿金山寺微茫水國分僧歸夜船月龍出曉堂雲樹影中流見鐘聲兩岸聞回悲在城市終日醉醺醺

胡渭州

亭亭孤月照行舟寂寂長江萬里流鄉國不知何處是雲山漫漫使人愁

集靈臺

虢國夫人承主恩平明上馬入金門却嫌脂粉污顏色淡掃蛾眉朝至尊

邠王小管

虢國潛行韓國隨宜春深院閉花枝金輿遠幸無人見

偷把寧王小管吹

古曲　施肩吾

可憐江北女慣唱江南曲搖蕩木蘭舟雙鳧不成浴

郎為匕上香妾為篝下灰嗁時相暖熱去後生塵埃

夜裁鴛鴦綺朝織蒲萄綾欲試一片心待縫三尺冰

衝夜行

夜行無月時古路多荒榛山鬼遥把火自照不照人

幼女詞

幼女纔六歲未知巧與拙向夜在堂前學人拜新月

效古興

金雀無舊釵䌷綺無舊裾惟有一寸心長貯萬里扶南

軒夜蟲織已促北牖飛蛾繞殘燭只言衆口鑠黄金誰

[illegible]

李文山

八月白露濃芙蓉抱香死紅蕋金粉墮寒落鴈塘水西
風團葉千疊縠參差起不見棹歌人空裏綠房子

古詞

一合相思淚臨江灑素秋碧波如會意却與向西流

雨夜呈長官

遠客坐長夜雨聲孤寺秋請量東海水看取淺深愁

火爐前坐

孤燈照不寐風雨滿西林多少關心事書灰到夜深

黃陵廟

小姑洲北浦雲邊二女明粧共儼然野廟向江春寂〻
古碑無字草芊〻東風近墓吹芳芷落日深山哭杜鵑
猶似含嚬望巡狩九疑如黛隔湘川

黄陵廟

黄陵廟前莎艸春黄陵女兒茜裙新輕舟短棹唱歌去

水遠山長愁殺人

南莊春晚

草暖沙長望去舟微茫烟浪向巴丘沅湘寂ゝ春歸盡

水緑蘋香人自愁

采蓮曲　鮑德源

弄舟朅来南塘水荷葉映身摘蓮子暑衣鮮浄鴛鴦喜

作浪舞花驚不起殷勤護惜纖ゝ指水菱初熟多新刺

襄陽懐古

襄陽太守沉碑意身後身前幾年事襄江千歳水為陵

水底魚龍應識字

天風吹入秋冥〻
紫烟衣上繡春雲清隱山書小篆文明月在天將鳳管
夜深吹向玉宸君
古意　陸魯望
遠心莫淡薄妾意方栖託願得双車輪一夜生四角
江南曲
魚戲蓮葉間參差隱葉扇鸂鶒窺瀲灧無因見
雙吹管
長短裁浮筠參差作飛鳳高樓明月夜吹出江南美
東飛鳧
裁得尺錦書欲寄東飛鳧翅短羶亦短雌雄戀菰蒲
鄴宮

花飛蝶駭不愁人水殿雲廊別置春曉日靚粧千騎女
白櫻桃下紫綸巾

九日齊山登高　杜牧之

江涵秋影鴈初飛與客攜壺上翠微塵世難逢開口笑
菊花須插滿頭歸但將酩酊酬佳節不用登臨怨落暉
古往今來只如此牛山何必淚霑衣

寄題甘露寺北軒

曾上蓬萊宮裏行北軒闌檻最留情孤高堪與相伊笛
縹緲宜聞子晉笙天接海門秋水色烟籠隋苑暮鐘聲
他年會着荷衣去不向山僧道姓名

獨酌

窗外正風雲擁炉開酒缸何如釣船雨蓬底聽秋江

[illegible]

齊安郡中偶題

兩竿落日谿橋上半縷輕烟柳影中多少綠荷相倚恨
一時回首背西風

過華清宮

長安回望繡成堆山頂千門次第開一騎紅塵妃子笑
無人知是荔支来

息夫人廟

細腰宮裏露桃新脉脉無言度幾春至竟息亡緣底事
可憐金谷墜樓人

念昔遊

李白題詩水西寺古木回巖樓閣風半醒半醉遊三日
紅白花開烟雨中

山行

遠上寒山石徑斜白雲生處有人家停車坐愛楓林晚
霜葉紅於二月花

宣州開元寺

松寺曾同一鶴棲夜深臺殿月高低何人為倚東樓柱
正是千山雪漲谿

塞下　許用晦

夜戰桑乾北秦兵半不歸朝來有鄉信猶自寄征衣

緱山廟

王子求仙月滿臺玉簫清轉鶴裵徊曲終飛去不知處
山下碧桃春自開

送宗處士

[illegible]客有卜居不遂薄游汧隴者

海燕西飛白日斜天門遥望五矦家樓臺深鎖無人到
落盡春風第一花

謝亭送客

勞歌一曲觧行舟紅樹青山水急流日暮酒醒人已遠
滿天風雨下西樓

秋思

琪樹西風枕簟秋楚雲湘水憶同游高歌一曲掩明鏡
昨日少年今白頭

無題　　李義山

八歲偷照鏡長眉已能畫十歲去踏青夫容作裙衩十
二學彈筝銀甲不曾卸十四藏六親懸知猶未嫁十五

遊春風皆面秋千下

西谿

悵望西谿水潺湲柰尒何不驚春物少只覺夕陽多色淥妖嬈柳光含窈窕蘿人間從倒海天上莫為河鳳女彈瑤瑟龍孫撼玉珂京華他夜夢好〻寄雲波

樂遊原

向晚意不適驅車登古原夕陽無限好只是近黃昏

悼傷後赴東蜀辟至散關遇雪

劍外從軍遠無家與寄衣散關三尺雪回夢旧鴛機

巴江柳

巴江可惜柳〻色綠侵江好向金鑾殿移陰入綺窗

早起

初隨林靄動稍共夜涼分窗迥侵燈冷庭虛近水聞

絶句

滯雨長安夜殘燈獨客愁故鄉雲水地歸夢不宜秋

柳枝

本是丁香樹春條結始生玉作彈碁局中心亦不平

畫屏繡步障物々自成雙如何湖上望只是見鴛鴦

燕臺詩　秋

月浪衡天々宇濕涼蟾落盡疎星入雲屏不動掩孤嚬

西樓一夜風箏急欲織相思花寄遠終日相思却相怨

但聞北斗聲迴環不見長河水清淺金魚鎖斷紅桂春

古時塵滿鴛鴦茵堪悲小苑作長道玉樹未憐亡國人

瑤琴愔々藏楚弄越羅冷薄金泥重簾鉤鸚鵡夜驚霜

嬰起南雲繞雲鬟雙璫丁丁聯尺素內記湘川相識處

歌脣一世銜雨看可惜馨香手中故

湖中曲

閶門日中吳歌遠陂路綠菱香滿滿後谿暗起鯉魚風

船旗閃斷芙蓉幹輕身奉君畏身輕雙橈兩槳樽酒清

莫因風雨罷團扇此曲斷腸惟此聲低樓小逕城南道

猶自金鞍對芳草

寫意

燕鴈迢迢隔上林高秋望斷正長吟人間路有潼江險

天上山惟玉壘深日向花間留返照雲從城上結層陰

三年已制思鄉淚更入新年恐不禁

代贈

寄令狐郎中

嵩雲秦樹久離居雙鯉迢迢一紙書休問梁園舊賓客

茂陵秋雨病相如

寄成都高苗二從事

家近紅蕖曲水濱全家羅襪起秋塵莫將越客千絲網

得西施別贈人

送王三十校書分司

多少分曹掌祕文洛陽花雪夢隨君定知何遜緣聯句

每到城東憶范雲

東還

自有仙才自不知十年長夢采華芝秋風動地黃雲暮

歸去嵩陽尋舊師

華師

孤鶴不睡雲無心衲衣筇杖來西林院門晝鎖回廊靜
秋日當階柹葉陰

昨夜

不辭鶗鴂妬年芳但惜流塵暗竹房昨夜西池涼露滿
桂花吹斷月中香

楚吟

山上離宮宮上樓樓前宮畔暮江流楚天長短黃昏雨
宋玉無愁亦自愁

席上作

澹雲輕雨拂高唐玉殿秋來夜正長料得也應憐宋玉
一生唯事楚襄王

偷看吳王內苑花

花下醉

尋芳不覺醉流霞，倚樹沉眠日已斜。客散酒醒深夜後，
更持紅燭賞殘花。

贈歌妓

水精如意玉連環，下蔡城危莫破顏。紅綻櫻桃含白雪，
斷腸聲裏唱陽關。

槿花

風露淒淒秋景繁，可憐榮落在朝昏。未央宮裏三千女，
但保紅顏莫保恩。

詠史

北湖南埭水漫漫，一片降旛百尺竿。三百年間同曉夢，

鍾山何處有龍盤

東阿王

國事今朝屬灌均西陵寛斷〻来人君王不得為天子半為當時賦洛神

李衛公

絳紗弟子音塵絶鸞鏡佳人舊會稀今日致身歌舞地木綿花發鷓鴣飛

唐音遺響卷之三

唐音遺響卷之四

架水藤　姚合

濛濛紫花藤下覆清谿水若遣隨波流不如風飄起風飄或近人隨波千萬里

春日早朝寄劉起居

九衢寒露斂雙闕曙光分綵仗迎春日香烟接瑞雲珮聲清漏間天語侍臣聞莫笑馮唐老還來謁聖君

題天台寺壁　任翻

絕頂新秋生夜涼鶴翻松露滴衣裳前峯月照半江水僧在翠微開竹房

訪羊尊師　孫革

松下問童子言師采藥去只在此山中雲深不知處

宮詞　朱慶餘

寂寂花時閉院門美人相並立瓊軒含情欲說宮中事

鸚鵡前頭不敢言

宮烏栖　趙承祐

宮烏栖處玉樓深微月生簷夜〻心香輦不回花自發

春来空帶辟寒金

宛陵館冬〻青樹

碧樹如烟覆晚波清秋欲尽客重過故園亦有如烟樹

鴻鴈不来風雨多

經兮陽舊宅

門前不改舊山河破虜曾輕馬伏波今日獨經歌舞地

古槐踈冷〻陽多

靈巖寺

館娃宮畔千年寺水闊雲多客到稀聞說春来倍惆悵

百花深處一僧歸

江樓書感

獨上江樓思渺然月光如水水如天同來望月人何處風景依稀似去年

公子行　　　　　　　　　　　　雍陶

公子風流輕錦繡新裁白苧[redacted]春衣金鞭留當誰家酒拂柳穿花信馬歸

城西訪友人別墅

澧水橋邊小路斜日高猶未到君家村園門巷多相似處處春風枳殼花

韋處士郊居

滿庭詩景飄紅葉繞砌琴聲滴暗泉門外晚晴秋色老

萬絕卷三一六合四

過南陵花塢

莫怪頻過有酒家，多情長是惜年華。春風堪賞還堪恨，纔見開花又落花。

宿嘉陵驛

離思茫茫正值秋，每因風景郤生愁。今宵難作刀州夢，月色江聲共一樓。

天津橋春望

津頭春水浸紅霞，烟柳風絲拂岸斜。翠輦不來金殿閉，宮鶯銜出上陽花。

和孫明府懷舊山

五柳先生本在山，偶然為客落人間。秋來見月多歸思，自起開籠放白鷴。

貧居春怨

貧居盡日冷風烟獨向簷床看雨眠寂寞春風花落盡
滿庭榆莢似秋天

懷鄭消　孟遲之

風蘭舞幽香雨葉墮寒滴美人来不来前山看向夕

長信宫

君恩已盡欲何歸猶有殘香在舞衣自恨身輕不如燕
春来還繞御簾飛

閨情

山上有山歸未得湘江暮雨鷓鴣飛蘼蕪亦是王孫草
莫送春香入客衣

暮春滻水送別　韓成封

綠暗紅稀出鳳城暮雲宫闕古今情行人莫聽宫前水
流盡年光是此聲

楊柳詞

枝鬪纖腰葉鬪眉春来無處不成絲灞陵原上多離別少有長條拂地垂

涼州詞　　薛陶臣

千里東歸客無心憶舊遊挂帆遊白水高枕到青州君住孫山下烟深夜徑長轅門渡緑水遊苑繞垂楊樹發花如錦鸎啼柳若絲更遊懽宴地愁見別離時

銅雀臺　　薛大拙

魏帝當時銅雀臺黄花深映棘叢開人生富貴須回首此地豈無歌舞来

宮詞

自是三千第一名内家叢裏獨分明芙蓉殿上中元日水拍銀盤弄化生

老圃堂

邵平瓜地接吾廬谷雨乾時偶自鋤昨日春風欺不在
就床吹落讀殘書

歸鴈

瀟湘何事等閑回水碧沙明兩岸苔二十五絃彈夜月
不勝清怨却飛來

古樂府　邵謁

對酒彈古琴絃中發新音新音不可辨十指幽怨深妾
顔不自保四時如車輪不知今夜月曾照幾時人露滴
夫容香〻銷心亦死良時無可留殘紅謝池水

苦別離

十五為君婚二十入君門自從入戶後見君長出門朝
[illegible]

陌上出漢竹里路塵飄去曲木杪漢竹双車輪安漢太
行山移卒君馬前

覽鏡

一照一回悲再照顏色衰日月自流水不知身老時昨
日照紅顏今朝照白絲〻〻與紅顏相去咫尺間

漢宫井

轆轤聲絶離宫靜斑〻幾度照金井梧桐老去殘花開
猶似當時美人影

君不來　　　　　　　　　方雄飛

遠路東西欲問誰寒來無處寄寒衣去時初種庭前樹
〻已勝巢人未歸

長信宫　　　　　　　　　　于武陵

簟涼秋氣初長信恨何如拂黛月生指解鬟雲滿梳一

徒悲畫扇幾度泣前魚坐聽南宫樂清風摇翠裾

一失輦前恩羅衣生暗塵唯應清夜月獨伴向愁人長

信翠娥老昭陽紅粉新君心似秋節不使草長春

勸酒

勸君金屈巵滿酌不須辭花發多風雨人生足别離

高樓　陳嵩伯

遠天明月出照此誰家樓上有羅衣裳凉風吹不休

閑居雜興

一頃成周力有餘白雲閑釣五谿魚中原莫道無麟鳳

自是皇家結網疎

金井怨　曹鄴之

西風吹急景美人照金井不見面上花却恨井中影

青年

東西是長江南北是官道牛羊不戀山只戀山中草
蛺蝶空中飛夭桃庭中春見他夫婦好有女初嫁人

庭草

庭草根自淺造化無遺功低回一寸心不敢怨春風

醒後　劉司南

醉臥芳草間酒醒日落後壺觴半傾寫客去應已久不
記折花時何淂花在手

築臺詞

前杵與後杵築城聲不住我願築更高得見秦皇墓

秦娥

秦娥十四五面白於指爪羞人夜采桑驚起戴勝鳥

牧童

牧童見客拜山果懷中落晝日驅牛歸前谿風雨惡

山村曉思　　于子瀦

開門省禾黍臨翁水頭住今朝南澗波夜来西山雨牧童披短蓑腰笛期烟渚不管水邊人騎牛望山去

青樓曲

青樓臨大道一上一回老所思終不来極目傷春草

古思　　司馬扎

春華惜妾態秋草念妾心始知井邊桐不如堂上琴月落却羨鏡花飛猶委舊前長江水一去終不回

宮怨

柳色參差掩畫樓曉鸎啼送滿宮愁年年花落無人見空逐春泉出御溝

長安道　　聶坦之

此地無駐馬夜中猶有輪所以路旁草少於衣上塵

小遊仙　曹唐

方士飛軒駐碧霞酒香風冷月初斜不知誰唱歸春曲
落盡谿頭白玉花
芝蕙芸花爛熳春瑞香烟露濕衣巾玉童私地誇書信
偷寫雲謠暗贈人

長門宮　裴交泰

自閉長門經幾秋羅衣濕盡淚還流一種蛾眉明月夜
南宮歌管北宮愁

楚調曲　李暇

何處期郎遊小苑花臺閒相憶不可見且復乘月還

步虛詞　高千里

青谿道士人不識上天下天鶴一隻洞房深鎖碧窗寒
滴露研朱點周易

山亭夏日

緑樹陰濃夏日長樓臺倒影入池塘水精簾動微風起
滿架薔薇一院香

漁家　高駢

野水千年在閑花一夕空近来浮世狹何似釣船中

春

明月斷䰟清靄靄平蕪歸思緑迢迢人生莫遣頭如雪
縱得春風亦不消

旅夕

風散古陂驚宿鴈月臨荒戍起啼鴉不堪吟斷無人見
時復寒燈落一花

下第後上高侍郎

天上碧桃和露種日邊紅杏倚雲栽芙蓉生在秋江上

不向春風怨未開

淮上與友人別　鄭守愚

楊子江頭楊柳春楊花愁殺渡江人數聲風笛離亭晚
君向瀟湘我向秦

曲江春望　唐彥謙

杏艷桃嬌奪晚霞樂游無廟有年華漢朝冠蓋皆陵墓
十里宜春下苑花

小院

小院無人夜煙斜月轉明清宵易惆悵不必有離情

班婕好　崔道融

寵極辭同輦恩深棄後宮自題秋扇後不敢怨春風

春閨

寒食月明雨落花香滿泥佳人持錦字無雁寄遼西

欲剪宜春字春寒入剪刀遼陽在何處莫望寄征袍

長門怨

長門花泣一枝春爭奈君恩別處新錯把黃金買詞賦相如自是薄情人

楚懷王

宮花一朵掌中開緩頰翻為敵國媒六里青山天下笑張儀容易去還來

華清宮　杜常

行盡江南數十程曉風殘月入華清朝元閣上西風急都入長楊作雨聲

晦日送別　崔魯

野酌亂無巡送君兼送春明年春色至莫作未歸人

華清宮

草遮回磴絶鳴鑾雲樹深〻碧殿寒明月自來還自去
更無人倚玉闌干

門横金鎖悄無人落日秋聲渭水濱紅葉下山寒寂〻
濕雲如夢雨如塵

古意　王駕

夫戍蕭關妾在吳西風吹妾〻憂夫一行書信千行淚
寒到君邊衣到無

社日

鵝湖山下稻粱肥豚栅雞棲半掩扉桑柘影斜春社散
家〻扶得醉人歸

雨晴

雨前不見花間葉雨後全無葉底花蛺蝶飛來過墻去
却疑春色在鄰家

賞春　羅鄴

芳草和烟暖更青閑門要路一時生年年點檢人間事
唯有東風不世情

效崔國輔體　韓致堯

澹月照中庭海棠花自落獨立俯閑階風動秋千索
雨後碧苔院霜來紅葉樓閑階上斜日鸚鵡伴人愁
羅幕生春寒繡窓愁未眠南湖夜來雨雁濕采蓮船

寄隣莊道侶

聞說經旬不啓關藥窓誰伴醉開顏夜來雪壓前溪竹
剩見溪南幾尺山

襄漢旅道軍後有感

水自潺湲日自斜盡無雞犬有鳴鴉千村萬落如寒食
不見人烟空見花

侵曉乘凉偶獨來不因魚躍見萍開卷荷忽被微風觸
瀉下清香露一杯

秋色　　吴子華

染不成乾畫未銷霏霏拂拂又迢迢曾從建業城邊過
蓼出寒烟鎖六朝

凉思

船間小檻接波平月澹烟沉暑氣清半夜水禽栖不定
綠荷風動露珠傾

折楊柳宮詞　　王貞白

枝枝交影鎖長門嫩色曾沾雨露恩鳳輦不來春欲暮
空留鶯語到黄昏

水殿年年占早芳柔條偏惹御鑪香而今萬乗多巡狩

輦路無陰緑草長
嫩蘂裁齊不耐寒和風時拂玉闌干君王去日曾攀折
泣雨傷春翠黛殘

寄人　張泌

別夢依依到謝家小廊迴合曲闌斜多情只有春庭月
猶為離人照落花
酷憐風月為多情還到春時別恨生倚樹尋思倍惆悵
一場春夢不分明

春晚謡

雨微微烟霏霏小庭半拆紅薔薇鈿箏斜倚畫屏曲零
落幾行金鴈飛蕭關夢斷無尋處萬疊春波起南浦凄
亂搦花搩繡簾曉窓時有流鶯語

中旅燭微如星夜鸕鷀上漁人起滴瀝篷聲滿耳子規叫斷獨未眠罨岸春濤打船尾

繡嶺宮　李才江

春草萋萋春水綠野棠開盡飄香玉繡嶺宮前鶴髮翁猶唱開元太平曲

臺城　韋莊

江雨霏霏江草齊六朝如夢鳥空啼無情最是臺城柳依舊烟籠十里堤

衢州江上別李秀才

千山紅樹萬山雲把酒相看日又曛一曲離歌兩行淚不知何地更逢君

摇落

搖落秋天酒易醒淒淒長似別離情黄昏倚柱不歸去
腸斷緑荷風雨聲

秋塘曉望　　　吴商浩

鐘盡疎桐散曙鵶故山煙樹隔天涯西風一夜秋塘曉
零落幾多紅藕花

答章冊　　　僧靈澈

年老心閑無外事麻衣草坐亦容身相逢盡道休官去
林下何曾見一人

歸湖南

山邊水邊待月明暫向人間借路行如今還向山邊去
只有湖水無行路

行次漢上　　　僧無本

[illegible]

一處屈伸少陵作

楚調　薛奇童

禁苑春風起流鶯繞合懽玉窻通日氣珠箔卷輕寒楊葉垂陰砌梨花入井欄君王好長袖新作舞衣寛

送兄　南海女子

別路雲初起離亭葉正飛所嗟人異鴈不作一行歸

攪古神女宛轉歌　郎大家宋氏

風已清月朗琴復鳴掩抑非千態殷勤是一起歌宛轉々々和且長願為双黄鵠比翼共翺翔日已暮長簷烏應度望君々不來思君々不顧歌宛轉々々那能異栖宿願為形與影出入恒相逐

囉嗊曲　劉采春

不喜秦淮水生憎江上船載兒夫壻去經歲又經年

莫作商人婦金釵當卜錢朝〻江口望錯認幾人船
那年離別日只道往桐廬〻〻人不見今得廣州書

拜新月　吉中孚妻

拜新月拜月出堂前暗覓初籠桂虛弓未引弦拜新月
拜月妝樓上鸞鏡始安臺蛾眉已相向拜月不勝情庭
花風露清月臨人自老人望月長生東家阿母亦拜月
一拜一悲聲斷絕昔年拜月逞容輝如今拜月雙淚垂
回看眾女拜新月却憶紅閨年少時

谿上雲　張文姬

溶〻谿口雲纔向谿中吐不復歸谿中還作谿頭雨

送友人　薛濤

水國蒹葭夜有霜月寒山色共蒼〻誰言千里自今夕
[illegible]

是竹郎廟

竹郎廟前多古木夕陽沉沉山更綠何處江村有笛聲

聲聲盡是迎郎曲

暗別離　　　　　　　　劉瑤

槐花結子桐葉焦單飛越鳥啼青霄翠軒輾雲輕遙遙

燕脂淚迸紅線條瑤屮歇芳心耿耿玉珮無聲畫屏冷

朱絃暗斷不見人風動花枝月中影青鸞脈脈西飛去

海闊天高不知處

古意曲

梧桐階下月團團洞房如水秋夜闌吳刀剪破機頭錦

茱萸花墜相思枕綠窗寂寞背燈時暗數寒更不成眠

湖陰　　　　　　　　君山父老

湘中老人讀黃老手援紫藟坐碧草春至不知湖水深

日暮忘却巴陵道

答人　太上隱者

偶来松樹下高枕石頭眠山中無曆日寒盡不知年

別酒王人　山中客

酒盡君莫沽壺乾我當發城市多囂塵還山弄明月

琵琶　無名氏

粉胷繡臆誰家女香撥星星共春語七盤嶺上走鸞鈴十二峯頭弄雲雨千悲萬恨四五絃絃中甲馬聲駢闐山僧撲破琉璃鉢壯士擊折珊瑚鞭珊瑚鞭折聲交戛玉盤傾瀉真珠滑海神驅趂夜濤回江娥蹙踏春冰裂滿座紅粧盡淚垂望鄉之客不勝悲曲終調絕忽飛去洞庭月落孤雲歸

單于公然來牧馬

唐音遺響卷之四　終